MANFRED RÖDER

# DAS VERMÄCHTNIS
# DER MONA SEELBACH

Von Manfred Röder sind bisher erschienen:

Abrechnung – Abgefischt
Schneckentänzer
Offene Rechnung
Obolus
Markolwes
Wer der Katz die Schell anhängt

Manfred Röder, Jahrgang 1951, war lange Jahre bei einer Kommunalverwaltung beschäftigt. Zuletzt leitete er die Ordnungs- und Sozialabteilung.
2011 erschienen seine ersten Romane um das Ermittlerduo Ulla Stein und Christoph Leyendecker.
Manfred Röder lebt mit Frau und Kater in seinem Geburtsort Hachenburg im Westerwald.

MANFRED RÖDER

# DAS VERMÄCHTNIS DER MONA SEELBACH

## Ein Westerwaldkrimi

Bibliografische Information der Deutschen Nationalbibliothek. Die Deutsche Nationalbibliothek ver-
zeichnet diese Publikation in der Deutschen Natio-
nalbibliografie; detaillierte bibliografische Dateien
sind im Internet unter http://dnb.dnb.de abrufbar.


© 2018 Manfred Röder, Hachenburg

Herstellung und Verlag:
BoD – Books on Demand, Norderstedt

ISBN: 978-3-7481-1199-3

Dissy schläft inzwischen. Aber ich kann das jetzt nicht. Zu aufregend war der gestrige Abend, sodass ich die Ereignisse erst einmal niederschreiben muss.

Vor zehn Tagen habe ich Dissy kennengelernt. Das muss wohl mein Glückstag gewesen sein, denn am gleichen Tag fand ich in einem Koffer, der auf dem Bahnsteig von Charring Cross herumstand, diese moderne Filmkamera, die ich seit dieser Zeit nicht mehr aus der Hand gelegt habe. Mit dieser Kamera habe ich Dissy bei jeder sich bietenden Gelegenheit gefilmt. Genau wie ich ist Dissy noch nicht lange in London. Aber im Gegensatz zu mir hat er dort eine kleine Wohnung. Ich bin noch am gleichen Tag zu ihm gezogen.

Dissy ist Musiker. Er spielt Gitarre. Er hat auch schon eine eigene Band gegründet.

Gestern hatten sie ihren ersten Auftritt. Genauer gesagt war das kein wirklicher Auftritt, sondern so etwas wie eine öffentliche Probe.

Das Konzert fand in einem dieser Lagerhäuser unten am Hafen statt. Hier in London gibt es Hunderte unbekannter Bands. Deshalb war ich total erstaunt, dass sich jede Menge Zuhörer eingefunden hatten.

Ich habe von Anfang an alles gefilmt. Irgendwie habe ich mich trotz aller Vorfreude auf Dissys Musik unwohl gefühlt. Es war so eine unerklärliche Spannung zu spüren, die ich allerdings sofort vergessen habe, als Dissys Gitarre einsetzte. So etwas hatte ich nie zuvor gehört. Ich habe ja nun wirklich nicht viel Ahnung von Musik, aber ich hätte nie geglaubt, dass man einer Gitarre solche Töne entlocken könnte. Ich weiß nicht, wie ich das beschreiben soll. Das Instrument wimmerte und jaulte, verbunden mit einem mitreißenden Rhythmus und nie gehörten Akkorden. Ich kann diese Musik mit Worten nicht wirklich beschreiben.

Plötzlich entstand Unruhe im Publikum. Einige Männer schlugen sich. Es wurden immer mehr. Es schien, als ob auf einmal jeder auf jeden einschlug. Ich habe versucht, möglichst viel von dem Tumult aufzunehmen. Dann war da plötzlich Feuer, das sich rasend schnell ausbreitete. Offenbar waren die dort gelagerten Waren leicht brennbar. Ich konnte gerade noch Kamera und Filme ergreifen und die Tonbandspule an mich nehmen, die das Konzert aufzeichnete, ehe ich die Halle hastig durch einen Hintereingang verließ. Später kam dann auch Dissy. Er blutete aus einer Platzwunde an der Stirn. Er hatte lediglich seine Gitarre retten können. Das übrige Equipment war wohl den Flammen zum Opfer gefallen. Auch der Gitarre hatte das Feuer übel mitgespielt. Sie wird wohl nicht mehr zu gebrauchen sein. Ich werde ihm eine neue kaufen. Das Geld werde ich mir bei den Touristen besorgen, die ja zahlreich diese Stadt besuchen. Ich bin inzwischen sehr geschickt darin.

Hier endeten die Aufzeichnungen. Lisa legte das letzte der drei Hefte beiseite, in denen diese Frau, sie war sicher, dass es sich um eine Frau handelte, in loser Folge einige ihrer Gedanken eingetragen hatte. Wer mochte diese Frau wohl sein? Lisa hatte keine Idee. Sie wusste auch nicht, wen sie hätte fragen können.

Sie hatte heute zum ersten Mal diesen alten Schrank auf dem Spitzboden des Hauses ihrer Großeltern geöffnet und diesen Überraschungsfund gemacht. Neben drei handgeschriebenen Heften fand sie auch einige Kleidungsstücke, die augenscheinlich aus den Sechzigern des vergangenen Jahrhunderts stammten. Dann waren da eine alte Super 8 Kamera, zahlreiche belichtete Filmspulen und eine Tonbandaufnahme. Drei der Filme und das Tonband waren mit dem Datum vom 29.10.1966 versehen. Vermutlich waren das Aufnahmen von dem Konzert, über das die junge Frau geschrieben hatte.

Außerdem fand sie noch eine Elektrogitarre, der wohl ein Feuer heftig zugesetzt hatte. Das konnte nur die Gitarre sein, die dieser Dissy bei dem beschriebenen Konzert benutzt hatte. Warum hatte man dieses alte Ding denn so lange aufbewahrt?

Die junge Frau, die die Tagebücher geschrieben hatte, hatte die ganzen Sachen wohl hier deponiert. Vermutlich lagen diese Sachen schon sehr lange hier oben.

Aber wer war diese Unbekannte? Gehörte sie irgendwie zur Familie, oder hatten ihre Großeltern nur erlaubt, dass sie die Sachen hier aufbewahren durfte? Warum hatte sie die denn nie abgeholt? Warum hatten weder ihre Großeltern noch ihre Mutter je von dieser Frau gesprochen? Lisa hatte Zweifel, ob sie je etwas über die Fremde erfahren würde.

Vielleicht sah sie ja klarer, wenn sie sich die Filmaufnahmen angesehen und das Band abgehört hatte. Entsprechende Wiedergabegeräte würden ja wohl aufzutreiben sein.

## Sensationsfund oder plumpe Fälschung?

Lisa Stahl aus Hachenburg hat auf dem Dachboden eine alte Elektrogitarre gefunden, die offenbar durch einen Brand beschädigt wurde. Sie glaubt, dass es sich hierbei um eine Gitarre des 1970 verstorbenen Dissy Watkins handelt, der mit seinem virtuosen Gitarrenspiel Weltruhm erlangte.

Neben der Gitarre fand sie so eine Art Tagebuch einer Unbekannten, in dem diese von einem Auftritt eines Gitarristen namens Dissy berichtet. Weiterhin stützt sie sich auf Filmaufnahmen und einen Tonbandmitschnitt, auf dem der Song „Dark Birds" zu hören ist, mit dem Dissy Watkins damals der große Durchbruch gelang. Filmrollen und Tonband sind mit dem Datum 29.10.1966 beschriftet. „Dark Birds" erschien aber erst im Dezember 1966. Es wäre also das erste Mal, dass dieser Song in der Öffentlichkeit gespielt wurde, und es wäre der erste öffentliche Auftritt von „The Dissy-Watkins-Project".

Falls es sich wirklich um keine Fälschung handelt, wäre das Instrument sicher mehr als eine halbe Million Euro wert.

## Kapitel 1

Christoph Leyendecker legte die Zeitung beiseite und schüttelte den Kopf.

„Warum schüttelst du den Kopf?", erkundigte sich Ulla Stein.

Christoph Leyendecker war der Leiter der Polizeiinspektion Hachenburg. Er wohnte gemeinsam mit seiner Kollegin und Lebensgefährtin Ulla Stein in seinem Elternhaus in Hachenburg. Ulla Stein war für die Kriminalfälle zuständig. Allerdings war sie bei schwereren Verbrechen gehalten, die Kripo Koblenz hinzuzuziehen.

„Es ist nicht zu glauben. Da behauptet jemand, eine Gitarre von Dissy Watkins auf dem Dachboden gefunden zu haben. Wie soll die denn ausgerechnet hier in den Westerwald kommen?" Er reichte die Zeitung über den Kaffeetisch. „Sieh selbst."

Ulla legte das Marmeladenbrötchen beiseite. „Das ist doch dieser weltberühmte Gitarrist, der bereits in jungen Jahren verstorben ist."

„Genau der ist gemeint. Aber soweit mir bekannt ist, hatte der nie eine Beziehung zum Westerwald. Er ist zwar auch in Deutschland aufgetreten. Ich glaube zuletzt bei einem Festival in Norddeutschland. Kurz darauf ist er wohl verstorben."

Ulla las den Artikel. „Die schreiben hier, dass die vielleicht eine halbe Million wert ist. Viel Geld für eine angebrannte Gitarre."

„Wenn das wirklich seine erste Gitarre ist, die angebrannt wurde, reicht möglicherweise eine halbe Million nicht. Das würde den Mythos erklären, der sich um die Verbrennung dieser Gitarren rankt. Er hat ja öfter am Ende eines Konzerts Benzin über seine Gitarre gegossen und die angezündet. Es wird alles Mögliche in dieses Ritual hineininterpretiert, weshalb er das gemacht haben soll. Es sind Hunderte dieser Gitarren in Umlauf, natürlich alles Fälschungen. Viele, die eine alte defekte Fender besitzen, schütten Spiritus oder Benzin darüber und behaupten dann, sie sei von Dissy Watkins."

„Wenn ich mich recht erinnere, war dieser Watkins doch Linkshänder. Diese Gitarre ist aber eindeutig für Rechthänder."

„Es gibt nicht so viele Gitarren für Linkshänder. Auch Watkins hat zunächst eine für Rechtshänder benutzt, aber die Saiten andersherum aufgezogen."

„Die Saiten kann man hier auf dem Foto nicht wirklich erkennen. Ich kann mir aber nicht vorstellen, dass Lisa Stahl so einfach beschließt, eine Gitarre von Dissy Watkins zu fälschen."

„Das hört sich so an, als würdest du sie kennen."

„Nicht näher, nur so vom Sehen. Sie ist Lehrerin an der Grundschule hier in Altstadt. Sie wohnt in dem ehemaligen Forsthaus am Ende der Steinebacher Straße."

„Vermutlich ist das Anjas Tochter und die Enkelin vom alten Erwin. Der war früher mal Förster hier. Die ist also jetzt hier Lehrerin. Da sollte sie doch ihr Auskommen haben, ohne gefälschte Gitarren verkaufen zu müssen."

„Ich glaube ja nicht, dass sie die Gitarre gefälscht hat. Vielleicht hat ja irgendjemand, der früher in dem Haus gewohnt hat, sich die Mühe gemacht, so etwas zu fälschen. Aber warum hat derjenige dann nicht versucht, sie zu Geld zu machen, und sie liegt immer noch auf dem Dachboden? Man müsste die Eltern oder die Großeltern einmal fragen."

„Ich wüsste nicht, wer das gewesen sein sollte. Wenn ich richtig orientiert bin, leben sowohl Eltern als auch Großeltern nicht mehr. Die kann man also nicht mehr fragen.

Wie dem auch sei. Wenn wir heute Abend vom Dienst zurückkommen, wird oben der Speicher gründlich inspiziert. Vielleicht liegt da ja noch ein da Vinci oder Picasso. Wenn den die Mäuse nicht längst gefressen haben."

Schon als sie die Treppe hinaufging, hatte sie so ein seltsames Gefühl. Dieses Gefühl verstärkte sich noch, als sie die Haustür aufschloss. Sie merkte sofort, dass etwas nicht stimmte. Ihr Herz verkrampfte sich, und ein eiskalter Schauer lief ihr den Rücken hinunter. Im gleichen Augen-

blick sah sie, dass die Schubladen des Dielen-
schrankes aufgezogen waren und der Inhalt
wahllos im Flur verstreut lag.

Das war für sie Grund genug, die Haustür
wieder zuzuschlagen und die Treppe hinunter zu
eilen. Im Hof blieb sie schwer atmend stehen und
griff mit zitternden Händen zum Handy.

„Wo seid ihr gerade, Karlchen?"

„Wir kommen gerade von Marienstatt hoch",
antwortete der hünenhafte Streifenpolizist Karl
Berger, den alle, die ihn näher kannten, Karlchen
nannten.

„Das trifft sich gut. Da habt ihr es ja nicht
weit. Eine Lisa Stahl hat angerufen. Sie sei gerade nach Hause gekommen. Es sähe so aus, als sei
bei ihr eingebrochen worden. Sie hat das Haus
sofort wieder verlassen. Möglicherweise sind die
Einbrecher noch in dem Gebäude. Ich habe ihr
gesagt, sie solle das Haus nicht betreten, wir
würden Hilfe schicken. Sie wohnt in der Steinebacher Straße. Das letzte Haus links."

„Das ehemalige Forsthaus. Das kenne ich.
Wir sind schon unterwegs."

Berger nickte seinem Kollegen Starck aufmunternd zu. „Du hast es gehört. Du musst nicht
über den Hebeberg fahren. Die Bauarbeiten in
der Ortsdurchfahrt sind ja inzwischen weitgehend abgeschlossen. Hat ja lange genug gedauert."

Das Haus war mit rotbraunen Brettern verkleidet. Ein älteres Haus, das aber wohl einige Male modernisiert worden war. Eine Treppe führte zur Eingangstür im ersten Stock. Am Fuße dieser Treppe konnten sie im Lichtkegel ihres Streifenwagens eine junge Frau erkennen, die ihnen aufgeregt zuwinkte.

„Das muss diese Lisa Stahl sein", sagte Starck und hielt den Streifenwagen an.

Die junge Frau kaum auf sie zu gelaufen. „Schön, dass Sie so schnell kommen konnten. Irgendwas stimmt da nicht. Kommen Sie bitte mit."

„Warten Sie, Sie bleiben ohnehin zurück. Diese beiden Autos dort im Hof gehören die Ihnen?"

„Der Golf gehört mir und der Astra meiner Mitbewohnerin Christina. Es fällt mir erst jetzt auf, dass ihr Wagen dort steht. Seltsam, dass ich nichts von ihr gehört habe."

„Sie glauben, dass sie im Haus ist?"

„Ich weiß nicht. Ihr Auto steht jedenfalls da. Also müsste sie auch zu Hause sein."

„Wir gehen jetzt in das Gebäude", meldete Starck der Zentrale ins Funkgerät.

Sie rechneten nicht wirklich damit, dass sie auf die Einbrecher treffen würden. Die hätten wohl Lisa Stahls Kommen bemerkt. Aber spätestens beim Eintreffen des Streifenwagens hätten sie doch das Weite gesucht. Trotzdem waren sie vorsichtig. Mit gezogenen Waffen öffneten sie mit Lisa Stahls Schlüssel die Haustür. Bereits im Flur stellten sie fest, dass alles eilig durchsucht worden war. Nach und nach schauten sie in alle Zimmer. Sie waren ständig darauf gefasst, dass sie in einem der Räume Christina, die Mitbewohnerin, vorfinden würden. Aber die war nirgends zu sehen. In sämtlichen Räumen bot sich das gleiche Bild. Irgendetwas hatten die Einbrecher gesucht.

Eine Treppe führte nach oben in das ausgebaute Dachgeschoss. Hier fanden sie ein weiteres Schlafzimmer, ein Wohnzimmer und ein Bad vor. Sie nahmen an, dass das die Räume der Mitbewohnerin waren. Auch hier war alles durchwühlt worden. Aber keine Spur von dieser Christina.

Sie gingen nach draußen und winkten die junge Frau zu sich. „Es ist niemand mehr im Haus. Alles wurde durchsucht. Ob etwas verschwunden ist, können wir natürlich nicht feststellen."

„Was ist mit Christina?"

„Von ihr war nichts zu sehen. Vermutlich war sie nicht zu Hause."

„Warum steht denn das Auto dort?", zweifelte Lisa.

„Sie haben doch sicher ihre Nummer. Warum rufen Sie sie nicht einfach an."

„Eine gute Idee." Lisa Stahl holte ihr Smartphone aus der Tasche und wählte. Sie hielt es ans Ohr. „Sie meldet sich nicht."

„Hört ihr das?", fragte Berger.

„Das kommt von drinnen", antwortete Starck.

„Das ist ihr Telefon." Während Lisa Stahl das sagte, eilte sie ins Gebäude.

Im Flur lag auf einem kleinen Tisch neben dem Festnetztelefon ein Smartphone, das läutete.

„Das gehört Christina. Ihr muss etwas passiert sein. Sie geht nie ohne ihr Handy aus dem Haus."

„Ich rufe Ulla an", erklärte Berger.

Ulla Stein war auch gleich am Telefon.

„Ein Einbruch hier in Hachenburg", meldete Berger. „Bei einer Lisa Stahl hier in der Steinebacher Straße. Frau Stahl vermisst ihre Mitbewohnerin. Warte einen kurzen Moment."

Er wandte sich an Lisa Stahl: „Wie heißt sie mit Nachnamen", erkundigte er sich.

„Ihr Nachname ist Schreiner", antwortete sie.

„Hallo Ulla. Hier bin ich wieder. Die Frau heißt Christina Schreiner. Ihr Wagen steht im Hof. Ihr Handy liegt hier vor uns, aber von ihr ist nichts zu sehen."

„Ich bin in fünf Minuten bei euch. Last vorerst alles so, wie es ist."

„Musst du noch mal weg?", erkundigte sich Leyendecker.

„Ein Einbruch in der Steinebacher Straße. Wir haben doch neulich in der Zeitung diesen Artikel über die Gitarre gelesen. Bei dieser jungen Frau wurde eingebrochen. Aber noch etwas ist seltsam. Eine Mitbewohnerin scheint verschwunden zu sein. Das scheint kein normaler Einbruch zu sein."

„Ich komme mit", erklärte Leyendecker.

„Du bist der Chef", erwiderte Ulla und musste innerlich lächeln. Hätte sie Christoph nicht so gut gekannt, hätte sie sich möglicherweise geärgert, dass er sich schon wieder einmischte. Aber sie wusste ja, wie gern er seinen üblichen Arbeitsablauf für die Ermittlungen in einem Kriminalfall unterbrach.

„Das hätte ich mir ja denken können", begrüßte sie Karlchen. „Ihr kommt wieder einmal zu zweit."

„Du kennst doch Christoph. So etwas lässt er sich nicht entgehen", antwortete Ulla.

Leyendecker sah sich um. Neben dem Durcheinander fielen ihm die vielen gerahmten Zeichnungen auf, die an den Wänden hingen. Einige der Motive kannte er. Sie stammten alle aus der näheren Umgebung.

Lisa Stahl fielen Leyendeckers Blicke auf. „Sie sind alle von meinem Großvater. Er war hier Revierförster. Nachdem er pensioniert wurde, hat er seine Waffen gegen Stift und Zeichenblock vertauscht und ist damit und mit einem kleinen Hocker bewaffnet auf die Pirsch gegangen. So fand man ihn auch. Er hatte gerade wieder eine Zeichnung fertiggestellt und war wohl friedlich eingeschlafen. Ich habe Hunderte davon.

Erst jetzt fiel Leyendecker auf, wie attraktiv die junge Frau war. Schwarze Locken, dunkelbraune Augen und strahlend weiße Zähne. Obwohl der Sommer längst hinter ihnen lag und es schon auf den Winter zuging, war ihre Haut sonnengebräunt. „Wir haben uns noch gar nicht vorgestellt. Mein Name ist Leyendecker. Ich bin der Leiter der hiesigen Polizeidienststelle. Das ist die Kollegin Stein. Sie sollten eine Ausstellung machen", schlug er vor. „Die Zeichnungen werden die Leute mit Sicherheit interessieren."

„Wir sollten nicht vergessen, warum wir hier sind", mahnte Ulla.

„Du hast natürlich recht", zeigte Leyendecker sich einsichtig.

Ulla schaute Berger fragend an.

„Es sieht im ganzen Haus so aus wie hier", berichtete er. „Irgendetwas scheinen die gesucht zu haben. Ob sie es gefunden haben, wissen wir natürlich nicht."

„Wie sind sie hereingekommen?", erkundigte sich Ulla.

„Offensichtliche Einbruchspuren haben wir nicht festgestellt."

„War die Haustür verschlossen, als Sie kamen?", erkundigte sich Ulla bei der jungen Frau.

„Ich habe sie mit dem Schlüssel geöffnet. Aber abgeschlossen war nicht. Das machen wir eigentlich immer, wenn wir das Haus verlassen."

Ulla ging zur Haustür. „Ein paar Kratzer am Schloss, mehr nicht. Die haben ihr Handwerk

18

verstanden. Die Fenster sind alle verschlossen. Also sind sie auch hier wieder raus."

Die Treppe, die sie hochgekommen waren, führte in den Hof zur Anliegerstraße, die hier endete. Der gegenüber ging eine weitere Treppe in den hinteren Bereich des Grundstücks. Dorthin, wo es an den Wald grenzte. Ulla ging die Treppe nach unten und leuchtete mit einer Taschenlampe auf den Boden. „Da sind Fußspuren. Es kommen welche aus dem Wald und es führen auch welche dahin."

„Irgendwo müssen die ja geparkt haben. Vielleicht oben an der Straße", vermutete Leyendecker, der inzwischen hinzugetreten war. „Wir müssen uns erkundigen. Vielleicht hat jemand einen geparkten Wagen gesehen.

Stellen wir uns doch einmal das folgende Szenario vor: Die Mitbewohnerin kommt nach Hause und überrascht die Einbrecher. Da sie sie gesehen hat, können die Einbrecher nicht so einfach zur Tagesordnung übergehen. Sie nehmen sie mitsamt der Beute mit."

„Falls sie gefunden haben, was sie gesucht haben", gab Ulla zu bedenken. „Da sind kleinere Fußabdrücke, die nicht zum Haus führen, sondern lediglich davon weg. Sie könnten von dieser Christina Schreiner stammen. Es kann sein, dass sie sie an den Händen gefesselt haben. Vielleicht hat man sie auch geknebelt, damit sie nicht um Hilfe rufen kann. Wir müssen die Nachbarn fragen, ob sie etwas bemerkt haben. Das hier ist eine recht einsame und stille Ecke. Da fällt jedes Geräusch auf."

Ulla bat Berger und Starck, die Nachbarn zu befragen. „Ich glaube, wir wissen beide, wonach die Einbrecher gesucht haben", sagte sie zu Leyendecker.

„Du meinst die Gitarre. Irgendjemand hat also offenbar die Geschichte geglaubt. Ob sie Erfolg gehabt haben?"

„Das wird uns Frau Stahl sagen können."

„Die Gitarre konnten sie nicht finden", erklärte Lisa Stahl. „Die ist sicher untergebracht. Ich habe sie im Tresorraum der Sparkasse einschließen lassen."

„Wusste Frau Schreiner das?", fragt Leyendecker.

„Sie wusste es nicht. Ich habe nicht mit ihr darüber gesprochen. Aber das ist reiner Zufall. Ich hätte kein Problem damit gehabt, ihr das zu erzählen. Warum auch. Natürlich wusste sie von der Gitarre und unter welchen Umständen ich sie gefunden habe."

„Kennen Sie sie gut?", erkundigte sich Ulla.

Lisa Stahl schaute sie erstaunt an. „Sie ziehen doch nicht ernsthaft in Erwägung, dass sie etwas damit zu tun hat. Das ist ausgeschlossen. Sie wohnt seit fast einem Jahr hier. Ich selbst bin nach Abschluss meines Studiums vor zwei Jahren hierher zu meinem Großvater gezogen, um ihn nicht alleine zu lassen. Glücklicherweise war die Stelle bei der Grundschule Altstadt frei. Als

Großvater vor einem Jahr starb, kam ich mir einsam und verlassen vor und habe sie daher als Mitbewohnerin aufgenommen. Seitdem sind wir gute Freundinnen geworden."

Ulla kam da plötzlich ein Gedanke. „Wie sieht Frau Schreiner aus?"

Lisa Stahl zögerte einen kurzen Moment. „Sie ist mittelgroß, schlank und hat dunkle halblange Haare."

„Diese Beschreibung könnte auch auf Sie passen. Sahen Sie sich ähnlich?"

„Oberflächlich gesehen ja. Meinen Sie, wir beide seien verwechselt worden?"

„Zumindest kann man das nicht ausschließen."

„Dann ist sie in höchster Gefahr", erklärte Leyendecker. „Wenn die Gangster ihren Irrtum bemerken, ist sie völlig wertlos für sie. Zumal sie nicht weiß, wo sich die Gitarre befindet. Ich werde sofort veranlassen, dass nach ihr gefahndet wird. Haben Sie ein Foto von ihr?"

„Geben Sie mir ihre Handynummer. Ich schicke Ihnen eine Mail."

„Die Spurenlage scheint eindeutig zu sein", erklärte Ulla. „Trotzdem können wir nicht ausschließen, dass es eine ganz normale Erklärung gibt. Wo könnte sie denn sein? Hat sie einen Freund? Vielleicht hat der sie abgeholt?"

„Ihr Freund wohnt in Bad Marienberg. Ich kann mir nicht vorstellen, dass der sie abgeholt hat. Sie hat zwar gestern gesagt, dass sie heute ihren Daniel besuchen wird. Aber sie wäre selbst gefahren. Ich rufe ihn gleich mal an."

Da läutete Christina Schreiners Handy.

„Hallo", meldete sich Ulla.

„Wer ist da?", hörte sie eine männliche Stimme. „Ich habe Christina angerufen. Sie sind nicht Christina."

„Hier spricht die Polizei. Mit wem spreche ich?", erwiderte Ulla.

„Ich heiße Daniel Klein. Christina wollte zu mir kommen. Sie müsste längst bei mir sein. Ist ihr etwas geschehen?"

„Das wissen wir nicht. Es wurde in das Haus, in dem sie wohnt, eingebrochen. Ihr Auto steht hier. Aber sie ist nirgends zu finden. Wir haben angenommen, dass sie vielleicht bei Ihnen ist. Frau Stahl sagte uns, dass sie heute zu Ihnen kommen wollte."

„Wie ich schon sagte, ich habe vergeblich auf sie gewartet. Ich komme sofort zu Ihnen."

„Sie können hier nichts tun. Bleiben Sie, wo Sie sind. Sie können hier ohnehin nicht rein, bevor die Spurensicherung alles untersucht hat. Ich notiere Ihre Handynummer. Falls sich irgendetwas Neues ergibt, werden wir Sie benachrichtigen."

Nach einer knappen Stunde traf die Spurensicherung auch schon ein, die Leyendecker benachrichtigt hatte, nachdem er die junge Frau zur Fahndung ausgeschrieben hatte.

Sie wurde wieder von dem Mann mit der John-Lennon-Brille geleitet, der Ulla und Leyendecker freundlich grüßte. Sie waren ja alte Bekannte. „Ich habe mich schon gewundert, weil ich länger nichts von Ihnen gehört habe. Wieder einmal ein Mord? Darunter machen Sie es ja nicht."

„Zunächst geht es nur um einen Einbruch", sagte Leyendecker.

„Wie langweilig."

„Möglicherweise geht es auch um eine Entführung", ergänzte Ulla.

„Hatte ich mir doch gedacht, dass Sie es nicht bei einem gewöhnlichen Einbruch belassen. Aber jetzt raus hier! Ich nehme an, Sie haben schon viel zu viel angetatscht. Lassen Sie uns unsere Arbeit tun!"

# Kapitel 2

Andreas Quast und seine beiden siebenjährigen Zwillingssöhne Oliver und Leo verließen den Waldweg und begaben sich in die Fichtenschonung. Hier konnte man kurz vor Weihnachten einen Weihnachtsbaum in Selbstwerbung schlagen. Bis zu diesem Fest waren es zwar noch einige Wochen hin, aber es schadete ja nichts, wenn man sich bereits jetzt nach einem gut gewachsenen Baum umsah, um diesen zu markieren, damit man ihn zu einem späteren Zeitpunkt wiederfand, und um so seinen Besitzanspruch zu dokumentieren. Zu diesem Zweck trug Leo ein blaues Stoffband mit sich. Es war gar nicht so einfach gewesen, die Zwillinge zu einem Ausflug in den Wald zu bewegen, denn die beiden waren richtige Stubenhocker und einem Computerspiel eher zugetan, als sich an der frischen Waldluft zu bewegen. Aber Quast hatte ihnen erzählt, dass sie dann den schönsten Weihnachtsbaum im ganzen Dorf hätten und alle ihre Freunde sie beneiden würden. Das hatte sie letztlich überzeugt, und jetzt waren sie mit Feuereifer bei der Sache.

Sie hatten den Weg gerade eben verlassen, da war Oliver auch schon verschwunden. Wo war der Kerl den nun schon wieder hin? Das fing ja gut an. „Du bleibst jetzt hier bei mir", erklärte er dem zweiten Zwilling. Dann rief er nach Oliver. Er erhielt keine Antwort. Stattdessen hörten sie das heißere Krächzen einiger Krähen, die sich offenbar um irgendetwas zankten. Eigentlich suchten diese schwarzen Vögel ihre Nahrung ja eher im freien Feld und begaben sich erst abends zu ihren Schlafbäumen. Es war daher eher ungewöhnlich, sie hier anzutreffen. Andreas Quast nahm Leo bei der Hand. Gemeinsam gingen sie in die Richtung, aus der sie die Laute vernahmen. Sie schoben sich zwischen jungen Bäumchen durch. Da sahen sie auch schon Oliver. Er stand reglos da und starrte fasziniert auf das, was sich knapp zehn Meter vor ihm abspielte. Auf einer kleinen Lichtung unweit des Weges sah Andreas Quast die schwarzen Vögel dann auch. Sie saßen auf irgendetwas drauf.

Mit zwei schnellen Schritten war Quast bei Oliver und zog ihn zurück. „Ihr bleibt hier stehen und wartet! Rührt euch nicht vom Fleck!", trug er seinen Söhnen auf und trat selbst einige Schritte näher. Zuerst glaubte er, dass da ein Jäger ein Stück Wild ausgeweidet hatte. Aber dann sah er dort eine Frau liegen. Es bestand kein Zweifel, dass sie tot war. Er griff zum Handy und wählte den Notruf.

„Gehen Sie mit Ihren Kindern zurück zum Waldweg, und warten Sie da auf uns", bat der Beamte am Telefon. „Wir sind gleich bei Ihnen."

Kurz nachdem Ulla in den Waldweg abgebogen war, sah sie auch schon den Mann mit den beiden Jungs. Alle drei winkten ihr aufgeregt zu. Ulla parkte ihren Mini und ging auf die drei zu.

Der Mann deutete aufgeregt ins Innere der kleinen Schonung. „Da drin, eine tote Frau!"

„Warten Sie bitte hier. Ich sehe mir das mal an."

Außer dem Geschrei der Krähen war nichts zu hören. Ulla zog die Jacke zu, denn irgendwie beschlich sie eine unangenehme Kälte, obwohl es doch ein recht schöner Herbsttag war.

Sie drängte sich durch das Geäst der jungen Fichten. Zunächst sah sie nur die Vögel, die unter lautem Gekreische auf und ab flogen. Dann fiel ihr Blick auf ein unscheinbares Bündel, worin sie jedoch bald den Leichnam einer Frau erkannte, um den sich die Krähen balgten. Von den Augen war nichts mehr zu sehen. Aber das Gesicht der jungen Frau war noch relativ gut zu erkennen. Sie konnten die Fahndung nach Christina Schreiner einstellen.

Die junge Frau lag da, als hätte man Müll abgeladen. Man hatte sich nicht einmal die Mühe gemacht, sie etwas zu bedecken. So war sie schutzlos dem Getier des Waldes ausgeliefert. Soweit Ulla erkennen konnte, waren ihre Hände auf den Rücken gefesselt. Eigentlich hätte Ulla stehen bleiben müssen, um keine weiteren Spuren zu verursachen, aber die Rabenvögel reagierten nicht, als sie in die Hände klatschte und laut rief. Es war ihr unerträglich, dem Treiben weiterhin zuzusehen. Sie trat daher näher heran und klatschte erneut in die Hände. „Haut ab, ihr verflixten Mistviecher!" Daraufhin flogen die Krähen auf, aber sie ließen sich auf den Baumkronen in unmittelbarer Nähe nieder, jederzeit bereit, das angefangene Mahl fortzusetzen. Erst dann griff sie zum Telefon.

Es dauerte nicht lange, da war der Fundort großräumig abgesperrt, und Beamte der Spurensicherung in weißen Schutzanzügen suchten penibel die Umgebung des Fundortes ab.

Ulla befragte den Mann mit den beiden Kindern.

Der war immer noch zutiefst erschrocken und hatte Mühe, die Zwillinge zu bändigen, denn die fanden das Treiben doch sehr interessant und hätten zu gerne näher nachgesehen, was denn nun die Ursache für die ganze Aufregung war. Für die beiden war das alles noch spannender als ein Computerspiel.

Die Befragung des Mannes ergab nichts, was Ulla nicht weiter verwunderte. Die junge Frau lag vermutlich schon länger hier.

Ulla notierte sich seine Adresse und ließ ihn nach Hause fahren. Sie vermutete, dass die Täter sehr schnell bemerkt hatten, dass es sich bei der Entführten um die falsche junge Frau handelte, und sich Christina Schreiners schnell entledigt hatten. Ein skrupelloses Vorgehen, das für die Kaltblütigkeit der Täter sprach. Anscheinend hatte doch jemand die Story von der Gitarre geglaubt und nicht lange mit dem Versuch gezögert, sie in seine Hände zu bringen. Das war allerdings fehlgeschlagen.

Die Angeben des Rechtsmediziners, der inzwischen auch eingetroffen war, bestätigten, dass Christina kurz nach ihrer Entführung getötet worden war. Offenbar war der ganze Diebstahl aus dem Ruder gelaufen, und die junge Frau war zufällig das Opfer geworden. Ein Kollateralschaden, wie man es häufig so zynisch ausdrückt, wenn Unbeteiligte betroffen sind. Man hatte sie aus kurzer Distanz in die Brust geschossen. Das Blut, das man hier vorfand, sprach dafür, dass der Fundort auch der Tatort war. Man hatte sie also in den Wald geführt und einfach so erschossen.

Bevor Ulla ging, erkundigte sie sich beim Leiter der Spurensicherung.

„Wir haben keine Patronenhülse gefunden", erklärte der. „Das Projektil suchen wir noch. Es ist am Rücken ausgetreten. Wir haben Reifenspuren gesichert. Es gibt auch mehrere Fußabdrücke, die wir mit den Spuren bei dem Haus in der Steinebacher Straße vergleichen müssen. Ansonsten kann ich Ihnen im Moment noch nicht viel sagen."

Für Ulla bestand kein Zweifel, dass die Schuhabdrücke mit denen übereinstimmten, die man bei Lisa Stahls Haus gefunden hatte. Für sie blieb hier nicht mehr viel zu tun. Sie wartete noch, bis die Herren mit dem Zinksarg kamen. Dann verabschiedete sich von den Kollegen der Spurensicherung und fuhr zurück zur Dienststelle.

Das Schlagen der Weihnachtsbäume wurde jedes Jahr mit einem kleinen Fest verbunden, bei dem es immer Erbsensuppe und reichlich Alkohol gab. Dieses Fest würde wohl in diesem Jahr ausfallen.

„Die Tote ist Christina Schreiner", berichtete sie Leyendecker.

„Das war ja zu erwarten", erwiderte der. „Irgendwelche Hinweise auf die Täter?"

„Keine direkten Hinweise. Es gibt zwar einige Spuren, die von der Spusi ausgewertet werden, aber nichts Konkretes. Man hat sie wohl schon kurz nach der Entführung getötet. Sie wurde erschossen. So wie es aussieht, wurde sie ein paar Schritte in den Wald gebracht und aus kurzer Distanz hingerichtet und dann einfach so liegen gelassen."

„Es erhärtet sich immer mehr der Eindruck, dass die es auf Lisa Stahl, oder vielmehr auf die Gitarre abgesehen hatten. Christina Schreiner hatte keinen Wert für sie. Sie haben sich ihrer entledigt."

„Das ist die wahrscheinlichste Erklärung. Aber wir dürfen nicht außer Acht lassen, dass das alles nur vorgetäuscht sein kann und der Anschlag doch Christina Schreiner galt."

„Das wäre ganz schön raffiniert. Aber wo sollte das Motiv sein?"

„Das weiß ich auch nicht. Aber wir sollten diese Möglichkeit zumindest im Hinterkopf behalten."

„Wie willst du die Sache weiter angehen?", erkundigte sich Leyendecker.

„Zuerst werde ich den Verlobten der Toten benachrichtigen. Danach werde ich noch mal Lisa Stahl aufsuchen. Vielleicht finden wir ja doch noch irgendwelche Anhaltspunkte. Irgendwo müssen wir ja anfangen. Ich habe auch schon mit den Koblenzer Kollegen telefoniert. Die werden sicher noch jemand schicken."

„Wer kommt?"

„Sie haben nichts gesagt, aber ich könnte mir gut vorstellen, dass es wieder Lars Höbel ist. Der kennt sich ja inzwischen ganz gut hier aus."

„Soll ich mitkommen?", erkundigte sich Leyendecker.

„Ach lass mal. Ich glaube, von Frau zu Frau redet es sich leichter."

Bevor Ulla den Klingeltopf drücken konnte, öffnete Lisa Stahl die Tür. „Ich habe Sie erwartet. Daniel hat angerufen und mir mitgeteilt, dass Sie auf dem Weg zu mir sind. Der arme Kerl ist total verstört. Aber kommen Sie doch erst mal herein."

Sie führte Ulla in ein Wohnzimmer, dessen Einrichtungsstil man nicht einordnen konnte. Alte Weichholzmöbel und moderne Sessel standen im Kontrast zueinander. Aber das passte eigentlich ganz gut.

„Nehmen Sie doch Platz", bat die junge Frau. „Ich habe Kaffee aufgesetzt. Milch und Zucker?", fragte sie.

„Für mich bitte schwarz", erwiderte Ulla.

Lisa Stahl eilte davon, um gleich darauf mit zwei großen Kaffeetassen zurückzukommen, von denen sie eine vor Ulla stellte und ihr gegenüber Platz nahm. „Eine furchtbare Sache", sagte sie. „Hätte ich diese Gitarre doch nie gefunden. Dann wäre Christina noch am leben. Wie kann ich Ihnen denn nun helfen?"

„Ich muss mir irgendwie ein Bild machen. War Frau Schreiner in letzter Zeit irgendwie verändert? Hatte sie Sorgen oder Probleme?"

Lisa Stahl schaute erstaunt. „Da war nichts. Glauben Sie denn nicht, dass es um die Gitarre ging und die Verbrecher sie lediglich verwechselt haben, und dass in Wirklichkeit ich gemeint war?"

„Wir dürfen nichts ausschließen", erklärte Ulla. „Allerdings spricht bisher vieles dafür, dass lediglich ein Einbruchdiebstahl geplant war, der dann aus dem Ruder gelaufen ist. Es kann gut sein, dass Frau Schreiner erst kurz vor Ihnen nach Hause gekommen ist und die Einbrecher noch keine Gelegenheit hatten, festzustellen, mit wem sie es da zu tun hatten. Als Sie dann in Ihrem Auto vorfuhren, haben die schnell das Weite gesucht und sie mitgenommen."

Lisa Stahl wurde blass. „Sie glauben, die waren noch da, als ich ankam? Da muss ich wohl von Glück reden, dass die mich nicht auch noch verschleppt haben. Sofern man überhaupt von Glück reden kann, angesichts dessen, was mit der armen Christina geschehen ist."

„Gut möglich, dass wir jetzt zwei Tote hätten", bestätigte Ulla. „Die Kerle kennen anscheinend keine Skrupel. Es könnte aber auch sein, dass sie Sie in irgendeiner Form gezwungen hätten, das Instrument zu beschaffen."

„Ich kann das alles nicht verstehen. Ich würde die Gitarre jederzeit gegen Christinas Leben eintauschen, aber dazu ist es jetzt natürlich zu spät.", erklärte Lisa resignierend. „Es steht doch überhaupt noch nicht fest, dass die Gitarre wirklich von Dissy Watkins stammt. Und selbst wenn, wie wollen sie die denn verkaufen? Die wäre doch verbrannt. Und das gilt nicht nur für ihr Äußeres. Es bliebe doch nicht verborgen, dass sie geraubt wurde."

„Es gibt verrückte Sammler, die ein solches Instrument erwerben, um es dann vor der Öffentlichkeit zu verbergen. Ganz einfach nur, um es zu besitzen, auch wenn sie das niemand zeigen könnten. Aber Ihr Einwand, dass ja nicht feststeht, dass sie wirklich von dem berühmten Gitarristen stammt, fällt da schon eher ins Gewicht.

Es tauchen ja immer wieder Fälschungen auf. Es ist schon erstaunlich, dass die Verbrecher ohne den geringsten Beweis für die Echtheit ein solches Risiko eingehen. Wie wollen Sie denn die Herkunft der Gitarre beweisen?"

„So genau weiß ich das auch nicht. Ich habe mich einmal unverbindlich bei einem Versteigerer erkundigt. Der hat mir erklärt, dass eine Versteigerung ohne entsprechenden Herkunftsnachweis keinen Zweck hätte. Ich könnte mir vorstellen, dass die heutige Wissenschaft Material finden könnte, das mit den Genen von Dissy Watkins verglichen werden kann. Dessen DNS gibt es doch sicher irgendwo."

„Da kenne ich mich nicht so genau aus. Aber selbst wenn Vergleichsmaterial existiert, wie wollen Sie denn da herankommen. Das wird man Ihnen nicht so einfach zur Verfügung stellen."

Lisa Stahl nickte bestätigend. „Ich sollte mal mit jemand reden, der Ahnung von so etwas hat. Ich weiß nur nicht, wo ich den finden soll."

„Ich glaube, da werden sich einige unaufgefordert melden. Aber hierbei die Spreu vom Weizen zu trennen, wird wohl schwierig sein. Aber vielleicht kann ich Ihnen da weiter helfen", erklärte Ulla. „Auf der Polizeischule hatte ich eine Kollegin, die arbeitet heute bei der Polizei in Berlin. Wir haben zwar länger keinen Kontakt mehr gehabt, aber als ich sie zum letzten Mal gesehen habe, war sie mit einem Mann verheiratet, der als Redakteur beim deutschen Ableger des *Rolling Stone*, diesem bekannten amerikanischen Musikmagazin, arbeitet. Ich könnte mir vorstellen, dass der Ihnen vielleicht weiterhelfen kann."

„Das wäre sehr freundlich von Ihnen."

„Unabhängig sollten Sie nach etwaigen Zeugen forschen. In der Zeitung war von Tagebüchern die Rede."

Plötzlich hatte Ulla ein unangenehmes Gefühl. Ihr war so, als würde sie jemand beobachten. „Warten Sie einen Moment", sagte sie zu Lisa Stahl. Sie stand auf und nahm ihre Pistole zur Hand. Dann ging sie zu den Fenstern der Rückseite und sah hinaus. Nichts war zu sehen. Lediglich die Bäume bewegten sich leicht im Wind. Sie ging zur Haustür und öffnete sie. Auch hier konnte sie nichts Auffälliges erkennen. Ulla schüttelte den Kopf. Hatte sie jetzt Paranoia? Diese Art Gefühle hatte sie öfter, und zumeist hatten die einen realen Hintergrund. Sie steckte die Waffe wieder ein. „Falscher Alarm. Wo waren wir stehen geblieben? Ach ja, bei den Tagebüchern. Offenbar war die Frau, die diese Zeilen geschrieben hat, ja Augenzeugin des Konzerts. Kann man mit ihr sprechen?"

„Das hätte ich längst versucht, wenn ich wüsste wie. Es sind nicht wirklich Tagebücher. Die Frau, ich nehme an, dass es eine Frau war, hat nur sporadisch ihre Gedanken aufgeschrieben. Allerdings gehen daraus keine Hinweise auf die Schreiberin hervor. Und das ist ja nun auch schon Jahrzehnte her. Ich habe keine Ahnung, wer diese Frau war und wie die Sachen da oben auf den Dachboden kommen."

„Wer könnte das wissen?", erkundigte sich Ulla.

Lisa zuckte mit den Achseln. „Meine Großeltern sind tot. Großvater und Großmutter haben nie darüber gesprochen."

„Und Ihre Eltern?"

„Die sind ebenfalls beide tot. Vater arbeitete bei einem internationalen Baukonzern, und wir haben viele Jahre in Saudi Arabien und den Emiraten gelebt. Ich habe dort deutsche Schulen besucht. Nach dem Abitur bin ich dann zum Studieren nach Deutschland gekommen. Wenn meine Eltern in Europa waren, haben sie leidenschaftlich gern Ski gefahren. Hierbei sind sie dann Opfer einer Lawine geworden."

„Stammte Ihr Vater oder Ihre Mutter aus einem dieser Länder?"

Lisa lächelte. „Sie fragen, weil Ihnen mein dunkler Teint aufgefallen ist. Mein Vater war Schwabe, und meine Mutter war Westerwälderin. Allerdings wurde meine Mutter als Baby adoptiert. Es war nicht zu verbergen, dass sie nicht das leibliche Kind meiner Großeltern war. Sie hatte eine noch dunklere Haut als ich, während meine beiden Großeltern blond und hellhäutig waren, abgesehen von der Sonnenbräune im Sommer, die sie sich bei der Arbeit im Freien zuzogen."

„Stammen die Sachen vielleicht von den Vorbesitzern dieses Hauses?"

„Nein, nein. Das Haus gehört uns schon immer. Meine Urgroßeltern haben es erbaut. Kurz nachdem sie geheiratet haben."

„Vielleicht von einer anderen Angehörigen?"

„Ich wüsste nicht von wem."

„Na gut", erklärte Ulla. „Wir kommen da wohl im Moment nicht weiter. Aber es lohnt sich vermutlich, da weiter nachzuforschen. In dem Artikel war auch von Filmen die Rede."

„Ganz richtig. Ich habe mir einen alten Projektor besorgt, um sie anzusehen. Die Filme sind zwar wenig professionell, aber einige stammen von einem Konzert, und Dissy Watkins ist deutlich zu erkennen. Ich habe sie weggegeben, um sie digitalisieren zu lassen. Sie sind zumindest ein indirekter Beweis, und ich wollte nicht, dass sie Schaden nehmen."

„Ich fasse mal kurz zusammen", sagte Ulla. „Ich glaube, wir können davon ausgehen, dass die Kerle hinter der Gitarre her waren. Jemand muss also geglaubt haben, dass es sich um ein echtes Instrument Dissy Watkins′ handelt. Es waren keine Bekannten von Ihnen oder Frau Schreiner. Ansonsten hätten sie ihren Irrtum doch sofort gemerkt. So brutal, wie die vorgegangen sind, ist anzunehmen, dass das nicht ihr erstes Verbrechen war, obwohl die Hemmschwelle für Gewalt heutzutage ja immer weiter sinkt. Das ist wenig genug, was wir haben. Ich möchte Ihnen keine Angst einjagen, aber seien Sie in nächster Zeit vorsichtig. Ich werde veranlassen, dass hier vermehrt Streife gefahren wird, aber die Gegend ist nun einmal einsam, und für eine lückenlose Überwachung fehlt uns einfach das Personal."

Ulla stand auf und reichte Lisa Stahl die Hand. „Wenn noch etwas sein sollte, rufen Sie mich an. Und wegen dieses Musikredakteurs melde ich mich wieder bei Ihnen."

Am nächsten Morgen lagen die Ergebnisse der Spurensicherung zum Einbruch und der Entführung Christina Schreiners vor. Man war den Fußspuren von Lisa Stahls Haus ein Stück gefolgt. Auf der Landesstraße hatte man sie dann verloren. Vermutlich war dort das Fahrzeug der Täter irgendwie geparkt. Im Haus hatte man keine Fingerabdrücke gefunden, die nicht zugeordnet werden konnten. Die Täter hatten also Handschuhe getragen. Die im Wald bei Christina Schreiners Leiche gefundenen Fußspuren waren identisch mit den Spuren beim Haus. Aber so wirklich half das auch nicht weiter, solange die dazugehörenden Schuhe fehlten.

Es hatte etwas gedauert, bis Ulla sich bis zu ihrer Bekannten bei der Polizei Berlin durchgefragt hatte, denn sie hatte keine aktuelle Telefonnummer, und sie kannte auch nicht deren konkreten Arbeitsplatz. Schließlich hatte sie sie dann doch noch erreicht. Nach dem Austausch der obligatorischen Höflichkeiten hatte Ulla ihr Anliegen vorgetragen, und die Kollegin hatte versprochen, sich gleich mit ihrem Mann in Verbindung zu setzen. Trotzdem brauchte Ulla einen kurzen Moment, um den Anrufer einzuordnen, der sich mit Oliver Kraft meldete. Dann fiel ihr jedoch ein, dass das der Berliner Redakteur war.

„Es geht Ihnen ja wohl um diese Gitarre, die angeblich von Dissy Watkins ist", sagte der Anrufer. „Darauf würde ich nichts geben, diese Art von Gitarren tauchen regelmäßig auf, und bisher hat sich noch keine als echt herausgestellt."

„Grundsätzlich würde ich Ihnen ja recht geben, aber mit dem Auftauchen dieser Gitarre sind Umstände verbunden, die doch zu denken geben."

„Erzählen Sie, Sie machen mich neugierig."

„Zunächst hat die örtliche Tageszeitung von dem Auftauchen dieser Gitarre berichtet."

„Das ist mir bekannt. So etwas erfahren wir immer. Es gibt eine große Gemeinde von Fans und Sammlern zu Dissy Watkins, und so etwas spricht sich dort in Windeseile herum. Aber man weiß auch, wie so etwas einzuordnen ist. Da ist meistens nichts dran."

„Irgendjemand hat das wohl doch ernst genommen. Ich glaube, ich erzähle Ihnen nicht zu viel, es wird ja ohnehin bald in den Zeitungen stehen, jedenfalls wurde in das Haus, in dem die Gitarre gefunden wurde, eingebrochen und eine

Mitbewohnerin entführt und kurz darauf umgebracht."

„Und Sie sehen da einen Zusammenhang?"

„Ich halte das für sehr wahrscheinlich."

„Das ist ja spannend. Eine tolle Story, unabhängig davon, ob die Gitarre nun echt ist oder nicht. Sollte sie echt sein, ist die Geschichte geradezu eine Sensation. Danke, dass Sie mich darauf aufmerksam gemacht haben."

Ulla schüttelte den Kopf, obwohl das ihr Gesprächspartner nicht sehen konnte. „Das war nun nicht gerade meine Intention. Ich habe der jungen Frau, um die es hier geht, zugesagt, ihr bei der Feststellung der Echtheit der Gitarre behilflich zu sein."

„Dabei helfe ich Ihnen gerne. Das ist ja auch in meinem Interesse. Aber Sie werden ja wohl auch Verständnis dafür haben, dass ich auch an eine Story denke. Natürlich werde ich alles mit der Betroffenen absprechen."

„Schön, dann sind wir uns ja einig. Und wie sieht diese Hilfe aus?"

„Es gibt jemand, der ist so etwas wie die graue Eminenz für alles, was sich um Dissy Watkins dreht. Er war früher sein Manager, und Watkins hat ihm die Rechte an seinen Songs vererbt. Er hat später noch andere Künstler gemanagt, aber mit keinem hat er noch einmal einen solchen Erfolg gehabt. Aber das war auch nicht nötig. Er ist durch die Rechte an den Songs stinkreich geworden. Ich bin sicher, dass auch er vom

Auftauchen dieser Gitarre gehört hat, dem aber die gleiche Bedeutung beigemessen hat wie wir. Nun erscheint das natürlich in einem anderen Licht. Ich bin sicher, dass ihn die näheren Umstände sehr interessieren werden. Wir haben schon öfter mit ihm zusammengearbeitet. Ich werde mich gleich mit ihm in Verbindung setzen."

Ulla war sich ganz und gar nicht sicher, ob das wirklich so gut war, was sie da losgetreten hatte, aber daran konnte sie jetzt wohl nichts mehr ändern. „Wir bleiben in Verbindung", versprach sie und verabschiedete sich.

Gleich darauf rief Ulla Lisa Stahl an, die sie tatsächlich auch erreichte, da gerade Pause an der Grundschule war und berichtete, was sie mit dem Redakteur vereinbart hatte. Lisa Stahl teilte Ullas Bedenken nicht und war recht froh, dass sich hier eine Möglichkeit eröffnete, mehr über die Gitarre zu erfahren. Vielleicht fand man hierdurch ja auch Hinweise auf den Mörder von Christina Schreiner. Sie berichtete, dass es in der letzten Nacht keine besonderen Vorkommnisse gegeben habe und dass sie zu ihrer eigenen Überraschung doch tatsächlich einige Stunden geschlafen hätte. Sie habe sich weiterhin Gedanken gemacht, von wem die Gegenstände auf dem Dachboden wohl stammen könnten, habe aber bisher keine Idee dazu gehabt. Ihre Großeltern seien zu diesem Zeitpunkt schon lange verheiratet und um die vierzig Jahre alt gewesen. Die gefundenen Texte stammten doch offenbar von einer jungen Frau. Ihre Mutter sei damals noch nicht geboren gewesen. Außerdem hätte sie ja erkannt, wenn die Handschrift von ihrer Großmutter oder ihrer Mutter gewesen wäre.

Es klopfte, und gleich darauf betrat Lars Höbel, der junge Kollege von der Kripo Koblenz, mit dem Ulla und Leyendecker schon mehrfach zusammengearbeitet hatten, den Raum.

Für die Aufklärung von Kapitalverbrechen, zu denen zweifellos Mord gehörte, waren die Kollegen der Kripo Koblenz zuständig, obwohl Ulla Stein und Christoph Leyendecker aufgrund ihrer früheren Tätigkeit beim LKA selbst durchaus hierzu in der Lage waren. Das hatten sie auch in der jüngeren Vergangenheit hinreichend unter Beweis gestellt. Aber Zuständigkeiten mussten nun einmal eingehalten werden, und die Zusammenarbeit mit dem Kollegen Höbel war in der Vergangenheit durchaus angenehm gewesen, obwohl dieser doch zu leichtsinnigen Alleingängen neigte, die ihn mehrfach in Schwierigkeiten gebracht hatten.

Der junge Kollege mit den blonden Haaren und den strahlend blauen Augen erinnerte wie immer mehr an einen Surflehrer, als an einen Kriminalbeamten, auch wenn er diesmal eine dicke Wolljacke trug, was den kühlen Temperaturen geschuldet war. Wie immer trug er seine Laptoptasche an einem Schulterriemen und eine

Sporttasche mit seinen Utensilien in der rechten Hand.

Er kam auf Ulla zu, um sie zu begrüßen. Zuerst machte es den Anschein, dass er sie umarmen wollte, wie das bei den jungen Leuten ja durchaus üblich ist. Im letzten Moment machte er jedoch einen Rückzieher und reichte ihr die Hand. „Frau Stein, schön wie immer, ich freue mich, wieder einmal mit Ihnen zusammenarbeiten zu können."

„Übertreiben Sie nicht, junger Kollege", antwortete Ulla, die sich aber durchaus über das Kompliment freute, denn mit derartigen Komplimenten war Leyendecker doch eher sparsam. „Ich freue mich auch, Sie wiederzusehen. Sie scheinen ja inzwischen der Hachenburgbeauftragte der Koblenzer Kollegen zu sein. Sie kennen sich ja hier inzwischen auch bestens aus. Sind Sie wieder bei „Hormanns" untergekommen?"

„Ganz recht. Ich habe telefonisch ein Zimmer gebucht."

„Ich glaube, wir kommen am besten gleich zur Sache." Ulla griff zum Hörer. „Hallo Christoph, der Kollege Höbel ist hier. Sollen wir zu dir kommen?"

„Ich komme zu euch. Ich bin sofort da."

Höbel stand auf, als Christoph Leyendecker das Zimmer betrat.

Leyendecker reichte ihm die Hand. „Hallo Herr Höbel, schön, Sie wieder einmal bei uns zu haben. Zimmer und Stelle sind immer noch frei. Immer noch keine Lust, bei uns anzufangen? Wir könnten Sie wirklich gut gebrauchen."

„An meiner Einstellung hat sich nichts geändert, aber ich komme immer wieder gerne her. Ich hoffe, es geht Ihnen und Frau Stein gut."

„Dank der Nachfrage. Wenn Sie mich fragen, kann ich die Frage nur mit einem Ja beantworten. Ob Ulla das auch so sieht, muss sie schon selbst sagen."

„Das wollen wir hier doch nicht näher vertiefen", fand Ulla.

„Ganz recht, lasst uns gleich zur Sache kommen. Willst du Herrn Höbel eine kurze Übersicht geben?"

Ulla nickte. „Es begann wohl alles mit einem Artikel in der hiesigen Zeitung. Darin wurde berichtet, dass man auf dem Dachboden eines Wohnhauses eine Gitarre gefunden hat, die möglicherweise von Dissy Watkins stammt. Sagt Ihnen Dissy Watkins etwas?"

„Oh ja, dieser legendäre Gitarrist, der auch zum Klub der Siebenundzwanziger gehört. Der ist auch meiner Generation geläufig."

Ulla wurde wieder einmal bewusst, dass sie ja ohne Probleme die Mutter dieses jungen Mannes sein könnte. Ohne darauf einzugehen, fuhr sie fort: „Es scheint, als sei dieser Artikel der Auslöser für die dann folgenden Ereignisse gewesen. Zunächst wurden die Kollegen zu eben jenem Haus gerufen, in dem man diese Gitarre gefunden hatte. Die junge Frau hatte den Verdacht, dass bei ihr eingebrochen wurde. Die Kollegen gingen nun in das Haus und stellten fest, dass tatsächlich ein Einbruch stattgefunden hatte. Im Verlauf der Gespräche stellte sich dann heraus, dass die Mitbewohnerin verschwunden war. Bei dieser Mitbewohnerin handelte es sich um die inzwischen tot aufgefundene Christina Schreiber."

„Gehen Sie davon aus, dass der Einbruch der Gitarre galt, und wie passt die Tote dazu?", erkundigte sich Höbel.

„Davon gehen wir aus", sagte Leyendecker. „Es wäre schon ein erstaunlicher Zufall, wenn der Einbruch nichts mit dem Artikel zu tun hätte."

„Es kommt ein weiterer Grund hinzu", fuhr Ulla fort. „Lisa Stahl, das ist die Eigentümerin des Hauses, die auch die Gitarre gefunden hat, und Christina Schreiner haben durchaus Ähnlichkeit miteinander. Beide sind etwa gleich alt und dunkelhaarig. Als dann Christina Schreiner dort auftauchte, in der Zeitung wurde mit keinem Wort erwähnt, dass eine weitere Mitbewohnerin dort wohnt, haben die Einbrecher sie wohl für Lisa Stahl gehalten. Als kurz darauf ein weiteres Auto vorfuhr, die richtige Lisa Stahl, was die Einbrecher nicht wussten, haben sie die Flucht ergriffen und die vermeintliche Lisa Stahl mitgenommen. Das belegen die dort gefundenen Spuren. Da man die Gitarre nicht gefunden hat, wollten die Einbrecher wohl auf diesem Weg doch noch an das Instrument kommen. Als man dann herausgefunden hat, dass es sich nicht um Lisa Stahl handelte, war die Entführte für die Verbrecher wertlos, und man hat sich ihrer kaltblütig entledigt. Laut Gerichtsmediziner wurde sie kurz nach ihrer Entführung getötet."

Höbel zögerte einen kurzen Moment, nachdem Ulla geendet hatte. „Was Sie da ausführen, ist natürlich lediglich ein mögliches Szenario. Ich muss zugeben, ein sehr überzeugendes. Können wir ausschließen, dass nicht doch Christina Schreiner gemeint war?"

„Ausschließen kann man das natürlich nicht. Aber es gibt keine Anhaltspunkte dafür."

„Wenn also Ihre Theorie weitgehend stimmt, können wir wohl davon ausgehen, dass die Mörder nicht zum Bekanntenkreis von Lisa Stahl oder zum Bekanntenkreis von Christina Schreiner gehören."

„Ganz recht", bestätigte Ulla. „Mit der alten Weisheit, dass die meisten Mörder zum Familien- oder Freundeskreis gehören, kommen wir hier nicht weiter."

„Wieso haben die Mörder geglaubt, dass die Gitarre echt ist. Das ist doch eher unwahrscheinlich, und dumme Jungen, die mal eben einen Einbruch begehen, waren das wohl auch nicht. Das sieht doch nach Profis aus."

„Allerdings nicht nach allzu intelligenten, sonst hätten sie ihr Opfer nicht verwechselt. Aber das Vorgehen spricht schon dafür, dass wir es nicht mit Amateuren zu tun haben. Wieso sie von der Echtheit überzeugt waren, ist ein großes Rätsel."

„Das wir lösen müssen. Woher stammt die Gitarre?"

„Das ist ja das Seltsame. Das weiß keiner. Mit der Gitarre fand man so eine Art Tagebuch und alte Filme, die beweisen sollen, dass sie authentisch ist."

„Die müssen doch von jemand stammen."

„Natürlich, aber keiner weiß von wem."

„Ich fürchte, da liegt noch eine Menge Arbeit vor uns."

„Da bin ich Ihrer Meinung. Und Gerichtsmedizin und Spurensicherung helfen uns da im Moment nicht weiter. Die Ballistiker untersuchen das Projektil noch. Wenn die Waffe schon einmal bei einem Verbrechen verwendet wurde, bringt uns das vielleicht ein Stück weiter."

## Kapitel 3

Lisa Stahl hörte, dass jemand die Treppe heraufkam. Eigentlich war sie ja kein ängstlicher Mensch, sonst wäre sie ja nicht allein in dem Haus geblieben. Aber sie hatte natürlich ihre Unbefangenheit verloren, was ja auch kein Wunder war. So beschlich sie hin und wieder ein unangenehmes Gefühl.

Eine gewisse Sicherheit gab ihr noch der alte Wehrmachtskarabiner, den ihr Urgroßvater schon besessen hatte. Diese Waffe war nie registriert worden. Die anderen hatte sie nach dem Tod ihres Großvaters über einen Händler zum Verkauf gegeben. Lediglich diesen Karabiner hatte sie behalten und zwischenzeitlich aus dem Waffenschrank im Keller nach oben geholt. Zusammen mit einer Schachtel Patronen, von denen sie nicht sicher war, ob die noch funktionierten, stand er hinter ihren Jacken und Mänteln im Kleiderschrank.

Als sie nun die Schritte hörte, war sie versucht, die Waffe hervorzuholen und zu laden, um sie im Notfall sofort greifen zu können. Aber dann atmete sie tief durch und schüttelte den Kopf. Die Ereignisse der vergangen Tage, so schlimm sie auch waren, durften nicht dazu führen, dass sie sich bei jeder Kleinigkeit bedroht fühlte.

Bereits gestern hatte sie eine Sicherungskette an der Haustür angebracht. Als es nun läutete, legte sie die Kette vor und öffnete die Tür einen Spalt.

Draußen stand ein junger blonder Mann, der sie mit einem strahlenden Lächeln begrüßte. „Guten Tag, Frau Stahl. Mein Name ist Lars Höbel von der Kriminalpolizei Koblenz." Während er das sagte, griff er in die Tasche und holte einen Polizeiausweis hervor, den er ihr durch den Spalt reichte.

Sie blickte auf den Ausweis. Der zeigte das Bild des jungen Mannes und schien echt zu sein. Vermutlich hätte sie auch einen echten nicht von einem falschen unterscheiden können. „Kommen sie doch herein, Herr Höbel", bat sie und öffnete die Tür.

Als die junge Frau nun in ihrer ganzen Schönheit vor ihm stand, war Höbel so überrascht, dass er der Aufforderung zunächst keine Folge leistete. Er sah Lisa Stahl lediglich mit großen Augen an. Sein Gegenüber erinnerte ihn etwas an die junge Kanadierin, die dieser englische Prinz kürzlich geheiratet hatte.

Erst als die junge Frau ihm noch einmal durch eine Handbewegung zu verstehen gab, doch endlich einzutreten, löste sich seine Erstarrung, und er folgte der jungen Frau in den Flur.

„Ich glaube, ich mache uns zuerst einmal einen Kaffe, oder hätten Sie lieber einen Tee? Ich habe allerdings nur Beutel."

„Kaffee wäre schon recht", erwiderte er. „Aber ich möchte mir zunächst einen Eindruck von der Örtlichkeit verschaffen."

„Wie Sie meinen. Wollen Sie sich allein umsehen?"

„Es wäre mir schon recht, wenn Sie dabei wären."

Lisa nickte lediglich.

Lars Höbel ging zurück zur Haustür. „Laut Bericht sind sie durch die Haustür gekommen, und die war abschlossen?"

„Richtig", bestätigte sie. „Wir haben immer abgeschlossen, wenn wir das Haus verlassen haben."

„Man hat auch Spuren am Schloss festgestellt. Trotzdem, die waren wohl recht geschickt. Die haben das nicht zum ersten Mal gemacht." Er ging nach draußen. „Über diese Treppe sind sie gegangen und wieder verschwunden und haben dabei Ihre Mitbewohnerin mitgenommen. Lassen Sie uns nach unten gehen. Hier geht es ja auch gleich in den Wald. Wie weit ist die Straße entfernt? Ich schätze mal, so fünfzig Meter."

„Das kann hinkommen."

„Da links der Zaun, wofür ist der da?"

„Dort ist so etwas wie ein Regenrückhaltebecken. Ehrlich gesagt, weiß ich das auch nicht so genau. Den Zaun entlang ist der Hund gelaufen, der ihren Spuren gefolgt ist."

„Ja richtig, da entlang ist eine schmale freie Fläche. Da lässt es sich besser gehen. Da oben ist ihre Spur dann verschwunden. Vermutlich war dort ein Auto. Ich habe zunächst genug gesehen. Lassen Sie uns wieder ins Haus gehen."

Lisa führte Höbel ins Wohnzimmer und bat ihn, Platz zu nehmen. Dann eilte sie in die Küche.

„Milch und Zucker?", hörte Höbel sie rufen.

„Für mich bitte schwarz."

Kurz darauf erschien sie mit zwei großen Kaffeetassen, von denen sie eine vor ihn stellte und ihm gegenüber Platz nahm. „Sie unterstützen also die Hachenburger Polizei?"

Er nickte. „Wenn Sie es so nennen wollen. Eigentlich ist es etwas anders. Für Delikte dieser Art sind wir Koblenzer zuständig. Aber wir arbeiten eng mit den Kollegen in Hachenburg zusammen. Ich bin auch nicht das erste Mal hier. Ich habe mir anhand der Akten einen Überblick verschafft. Auch wenn wir nach wie vor in alle Richtungen ermitteln, sieht es doch wohl so aus, dass die Entführung und der dann folgende Mord ursprünglich nicht geplant waren. Die Einbrecher wollten wohl lediglich die Gitarre an sich bringen und mussten dann improvisieren, nachdem zuerst Ihre Mitbewohnerin und dann Sie auftauchten. Das ist, wie es scheint, gründlich aus dem Ruder gelaufen. Das Objekt der Begierde war wohl diese Gitarre. Was können Sie mir über das Instrument sagen?"

„Was soll ich Ihnen dazu sagen? Es ist eine Fender Stratocaster, wie sie von vielen Musikern gespielt wird. Sie ist in einem erbärmlichen Zustand, weil sie angekokelt ist."

„Einen Wert an sich hat die Gitarre also nicht. Wertvoll wird sie nur dadurch, dass der berühmte Dissy Watkins sie gespielt haben soll."

„Ganz richtig. Ich hätte sie auch für wertlosen Plunder gehalten und sie entsorgt, wenn ich nicht Hinweise auf eben diesen Dissy Watkins gefunden hätte. Bei der Gitarre lagen einige Hefte, in denen jemand unregelmäßig eine Art Tagebuch führte. Darin ist von einem Konzert eines gewissen Dissy die Rede. Außerdem lagen Tonbandaufnahmen und Filme dabei, auf denen Watkins *Dark Birds* spielt. Daneben sind noch zwei andere Musiker, Schlagzeug und Bass, zu sehen. Ich habe mich schlaugemacht. Es war wohl ein früher Auftritt von *The Dissy Watkins Project*."

„An sich ist das ja noch kein Beweis für die Herkunft des Instruments. So etwas kann man auch manipulieren. Die Einbrecher müssen die Gitarre aber für echt gehalten haben. Sonst wären sie das Risiko nicht eingegangen. Warum?"

„Das dürfen Sie mich nicht fragen. Ich weiß es nicht."

„Ich rede jetzt einfach so ins Blaue. Angenommen, die Einbrecher hätten von der Existenz der Gitarre gewusst und erst durch den Artikel in der hiesigen Presse erfahren, wo sie zu finden ist."

„Das Konzert hat ja nun tatsächlich stattgefunden. Aber ob er da tatsächlich die Gitarre spielt, die ich gefunden habe, werde ich nur schwer beweisen können."

„Vielleicht waren unsere Einbrecher ja tatsächlich bei dem Konzert dabei. Ach was, ich rede dummes Zeug. Dann wären es heute alte Männer, denen allein körperlich wohl kaum eine solche Straftat zuzutrauen ist. Aber sie könnten davon erfahren haben, beispielsweise von einer Augenzeugin. Das könnte diejenige sein, die die Sachen hier deponiert hat. Diese Person müssen wir finden."

Er hielt inne und lauschte. Es waren Schritte auf der Treppe zu hören. „Erwarten Sie noch Besuch?", erkundigte er sich.

Lisa schüttelte den Kopf. „Nicht dass ich wüsste."

„Machen Sie einfach nicht auf", schlug Höbel vor, der sich gerne noch weiter ungestört mit der jungen Frau unterhalten hätte.

Aber als es dann läutete, stand sie doch auf und ging zur Tür. Sie legte die Kette vor, öffnete die Tür einen Spalt und sah hinaus.

„Sie wünschen bitte?", hörte Höbel sie fragen.

„Oliver Kraft vom *Rolling Stone*", stellte der Neuankömmling sich vor. „Ich hoffe doch, dass Frau Stein Sie entsprechend vorbereitet hat."

Lisa nahm die Kette ab und öffnete die Tür.

„Um was geht es hier?", erkundigte sich Höbel, der inzwischen hinzugetreten war argwöhnisch. Er musterte den Mann eingehend. Er mochte so fünfzig Jahre sein, mittelgroß, kurz geschorene Haare. Er trug eine verwaschene Jeans und eine kurze dunkelbraune Lederjacke.

„Und wer sind Sie?", fragte der Besucher.

Höbel zückte seinen Polizeiausweis. „Kennen Sie diesen Mann?", erkundigte er sich bei Lisa Stahl. Irgendwie passte ihm die Ankunft des Fremden nicht. Vordergründig, weil er sich in seiner Arbeit gestört fühlte. Aber eigentlich genoss er das Gespräch mit der schönen jungen Frau.

„Ich kenne Herrn Kraft bisher nicht. Er will mir bei der Herkunft der Gitarre behilflich sein. Den Kontakt hat Frau Stein vermittelt." Sie trat einen Schritt zurück. „Kommen Sie doch bitte herein, Herr Kraft, und nehmen Sie doch bitte Platz. Auch einen Kaffee?" Sie deutete auf einen Stuhl am Tisch, auf dem noch Höbels Kaffeetasse stand.

„Da sage ich nicht Nein", erklärte der Reporter, blieb aber stehen und wartete, bis Lisa Stahl mit einer weiteren Tasse Kaffee zurückkam. Erst dann setzte er sich an den Tisch.

Höbel schien der Fremde irgendwie suspekt. So hätte er sich nie einen Fachmann für Dissy Watkins vorgestellt. Schon das Alter schien nicht so recht zu passen.

„Nehmen Sie doch auch wieder Platz, Herr Höbel", bat Lisa. „Das wird Sie doch vermutlich auch interessieren."

Höbel interessierte tatsächlich, wie Ulla Stein den Kontakt zu einem Reporter des *Rolling Stone* vermittelt hatte, andererseits war er aber auch vorsichtig, denn er hatte nicht die Absicht, irgendwelche Ermittlungsergebnisse an die Presse weiterzugeben. Er setzte sich vorerst dazu. Er wollte erst einmal abwarten, wie sich die Sache entwickelte.

„Wie wollen wir die Sache denn nun angehen?", erkundigte Lisa Stahl sich.

Oliver Kraft zögerte einen kurzen Moment. „An sich ist es für unser Magazin keine Story, wenn eine Gitarre gefunden wird, von der man glaubt, sie sei von Watkins gespielt worden. Das kommt häufig vor. Das Besondere ist in diesem Fall nicht die Gitarre, sondern es sind die gesamten Umstände."

Höbel sah sich genötigt, an dieser Stelle einzugreifen. Irgendwie fühlte er sich als Beschützer der jungen Frau. „Wenn ich Frau Stahl richtig verstanden habe, wollten Sie ihr doch behilflich sein, die Herkunft der Gitarre aufzuklären. Wenn ich Sie jetzt so höre, geht es Ihnen lediglich um die Story. Da hätte Frau Stahl doch mit jedem beliebigen Reporter reden können."

„Oberflächlich gesehen, könnten Sie recht haben. Aber hier ist es doch so, dass wir ganz andere Möglichkeiten haben. Wir sind Spezialisten. Unsere Redaktion hat Beziehungen in die ganze Welt."

„Herr Höbel hat nicht ganz unrecht", fand Lisa Stahl. „Ich bin eigentlich nicht bereit, Ihnen so einfach Material für Ihre Story zu liefern, ohne dass ich eine entsprechende Gegenleistung erhalte."

„Ich kann Ihre Überlegungen da durchaus verstehen. Aber bedenken Sie bitte. Allein durch einen Artikel in unserem Blatt, der vermutlich auch in der englischsprachigen Ausgabe erscheinen wird, werden eine ganze Menge einschlägig Interessierte auf den Fall aufmerksam."

„Noch mehr dieser Glücksritter", warf Höbel ein. „Ich finde, dass Frau Stahl hierdurch einer zusätzlichen Gefahr ausgesetzt wird. Zumindest wird sie von allen möglichen Leuten belästigt werden."

„Meine Herren", meldete sich Lisa zu Wort. „Ich bin auch noch da. Glauben Sie nicht, dass es hier um mich geht und dass die endgültige Entscheidung bei mir liegt? Außer Herrn Kraft werden ja auch andere Blätter berichten. Das ist ja bereits geschehen und nicht zu ändern. Mir geht es letztlich darum, die Herkunft dieser Gitarre zu klären. Ihnen, Herr Kraft, ist es an einer interessanten Veröffentlichung gelegen. Da sollte es doch möglich sein, dass wir eine gemeinsame Lösung finden. Wobei wir nicht vergessen sollten, dass Herr Höbel an der Aufklärung eines Mordes interessiert ist. Dieses Interesse teile ich natürlich. Vielleicht trägt Herr Kraft einmal vor, wie er sich das alles vorstellt."

Kraft lehnte sich zurück. „Das Geschehen um diese Gitarre bietet an und für sich schon genug Stoff für einen interessanten Artikel. Ein richtiger Headliner würde die Story dann, wenn sich herausstellt, dass es sich tatsächlich um ein Instrument von Dissy Watkins handelt. Das I-Tüpfelchen auf diese Story würde dann noch die Aufklärung des Mordes an Ihrer Mitbewohnerin bilden. Ich stelle mir eine Fortsetzungsgeschichte vor. Zunächst berichten wir vom Auffinden der Gitarre und vom Mord. Hierzu hätte ich gerne ein Exclusivinterview mit Ihnen, Frau Stahl."

„Da haben wir es wieder", meldete sich Höbel. „Welchen Grund sollte Frau Stahl haben, darauf einzugehen."

Lisa hob beschwichtigend die Hand. „Nun warten Sie doch erst einmal ab, welche Gegenleistung Herr Kraft dafür zu bieten hat."

„Ich danke Ihnen, Frau Stahl. Im Gegenzug helfen wir Ihnen dabei, Beweise für die Echtheit der Gitarre zu finden. Denn nur so kann es eine Fortsetzungsgeschichte werden."

„Und danach finden Sie dann noch den Mörder", lachte Höbel spöttisch.

„Lassen Sie uns ernsthaft bleiben", bat Lisa Stahl. „Wie hatten Sie sich diese Hilfe konkret vorgestellt?"

„Zunächst will ich den absoluten Experten auf dem Gebiet Dissy Watkins zurate ziehen. Ich habe bereits mit ihm gesprochen. Zweitens werde ich alles daransetzen, die Identität der Verfasserin der Tagebücher zu ermitteln. Je mehr Aufmerksamkeit die Geschichte erzielt, desto eher besteht die Möglichkeit, dass sich jemand meldet, der die Schreiberin kennt. Ich dachte daran, eine bescheidene Belohnung auszusetzen."

„Das weiß ich schon jemand, der sich sofort bei Ihnen melden wird", erklärte Höbel. „Ich halte das für eine Schnapsidee."

„Ich halte die Idee für gar nicht so schlecht", meinte die junge Frau. „Irgendetwas müssen wir ja versuchen. Ich bin ganz froh, wenn ich die Unterstützung eines so bekannten Magazins habe. Womit fangen wir an?"

„Zunächst hätte ich gern ein Foto von Ihnen mit der Gitarre."

„Das wird schlecht möglich sein. Die Gitarre ist nicht hier."

„Können Sie sie herholen?"

„Heute nicht mehr. Aber morgen wird das sicher möglich sein."

Erneut schaltete sich Höbel ein. „Ich möchte davor warnen, die Gitarre einfach so nach hier zu holen. Es wurde schon einmal jemand wegen dieser Gitarre getötet. Die Verbrecher haben ihre Aufgabe noch nicht erfüllt. Es kann gut sein, dass sie sich noch hier in der Gegend aufhalten."

„Warum übernehmen Sie den Schutz von Frau Stahl und der Gitarre nicht, Herr Höbel", erkundigte sich Kraft. „Ist das nicht eine Aufgabe der Polizei?"

„Ich glaube nicht, dass es Aufgabe der Polizei ist, einen Gegenstand aus einem sicheren Versteck zu holen, damit er für die Presse zugänglich ist. Natürlich kann Frau Stahl über ihr

Eigentum verfügen, wie sie das für richtig hält. Ich wollte nur auf mögliche Gefahren hinweisen."

„Warum fangen wir nicht mit den Aufzeichnungen an, die ich gefunden habe. Eine Gitarre ist doch für Ihre Leser nichts Außergewöhnliches. Aber diese Tagebücher sind doch einzigartig", fand Lisa.

„Sie haben recht, so machen wir es", stimmte Kraft zu.

Nicht weit entfernt standen zwei dunkel gekleidete Männer, die das Haus beobachteten.

„Dort drüben geht es zu wie im Taubenschlag", sagte der eine.

„Die Besucher werden wohl kaum dort übernachten. Wir werden schon noch unsere Möglichkeiten haben. Hoffentlich sind die Sachen noch im Haus."

„Das werden wir feststellen müssen."

# Kapitel 4

Lisa schlief in den letzten Tagen unruhig und wachte häufiger grundlos auf. Das war auch nicht weiter verwunderlich, nach all dem, was in diesem Haus vorgegangen war.

Wieder einmal erwachte sie schweißgebadet. Irgendetwas hatte sie geweckt. Zumindest kam es ihr so vor. Sie lauschte angestrengt in die Nacht. Nichts war zu hören. Offenbar spielten ihr doch ihre Nerven einen Streich. Sie drehte sich zur Seite und versuchte, wieder einzuschlafen. Doch das war unmöglich. Angestrengt lauschte sie. Geräusche gab es hier eigentlich immer. Die alten Balken knackten, und draußen vom Wald klangen auch immer wieder Geräusche zu ihr ins Schlafzimmer. Daran hatte sie sich eigentlich gewöhnt. Aber sie konnte ganz gut die üblichen Laute erkennen und von anderen Geräuschen unterscheiden. Da war es wieder. Sie hörte ein leises Scharren. Dann ein unterdrücktes Poltern. Und da war unter ihrer Schlafzimmertür ein schwacher Lichtkegel zu erkennen. Es bestand kein Zweifel. Da waren Unbekannte in ihrem Haus. Schritte näherten sich ihrer Tür. Sie hielt den Atem an und erwartete jederzeit, dass jemand die Tür öffnete und zu ihr ins Zimmer kam. Was sollte sie tun? Sie wäre wohl kaum imstande gewesen, die Waffe aus dem Kleiderschrank zu holen und sie zu laden. Die Eindringlinge hätten sie längst überwältigt. Schließlich entfernten sich die Schritte aber doch wieder. Sie atmete tief durch. Aber natürlich war die Gefahr längst noch nicht gebannt. Sie glaubte, ein Flüstern zu hören. Es waren also mehrere.

Was war zu tun? Natürlich war ihr erster Gedanke, die Polizei zu rufen. Aber jetzt rächte es sich, dass sie das Handy nie abends mit ins Schlafzimmer nahm. Sie glaubte zwar nicht wirklich, dass die Strahlung dieser modernen Geräte schädlich war, aber man konnte ja nie wissen. Es lag auf dem Tisch im Wohnzimmer.

Sie erwog einen kurzen Moment, aus dem Fenster hinten in den Garten zu springen. Aber von dort waren die Einbrecher wohl gekommen, denn sie glaubte nicht, dass sie die neu gesicherte Eingangstür ohne Probleme hatten öffnen können. Die nahe liegendste Lösung war wohl, dass sie durch ein anderes Fenster im hinteren Bereich eingedrungen waren. Vielleicht stand dort ja noch einer der Kerle. Es waren beim ersten Mal ja zwei gewesen. Möglich, dass es jetzt mehr waren. Irgendetwas musste sie unternehmen. Sie konnte nicht einfach warten, bis die Kerle in ihr Schlafzimmer eindrangen.

Die Waffe im Kleiderschrank schien ihre einzige Möglichkeit zu sein. Vorsichtig stand sie auf. Sie vermied es, das Licht einzuschalten, denn das hätte auffallen können. Die Schranktür öffnete sich mit einem leichten Knirschen. Sie hielt einen kurzen Moment den Atem an. Aber die Einbrecher schienen nichts gehört zu haben. Sie tastete nach dem Karabiner. Dann spürte sie das kalte Metall des Laufes. Etwas länger dauerte es, bis sie die Patronen gefunden hatte. Sie hätte vorher etwas üben sollen, denn es gelang ihr zunächst nicht, im Dunkeln die Patronen in das Magazin zu fummeln. Zu sehr zitterten ihre Hände. Zweimal fiel eine der Patronen zu Boden. Jedes Mal verharrte sie still, weil sie fürchtete, dass die Eindringlinge sie hörten. Aber das leise Scharren ging jedes Mal weiter. Die Zeit kam ihr ewig vor. Schließlich gelang es ihr dann doch. Das Geräusch, das entstand, als sie die Waffe durchlud, war deutlich zu hören. Aber das machte jetzt auch nichts mehr. „Ihr Scheißkerle, macht, dass ihr hier verschwindet!", schrie sie und feuerte gleichzeitig durch die geschlossene Tür. Der Rückstoß der Waffe überraschte sie. Sie wäre fast nach hinten gefallen, und sofort schmerzte ihre Schulter. Sie erschrak, welchen Lärm der Schuss in dem engen Zimmer verursachte.

Dann waren trampelnde Schritte zu hören, und zwei Personen sprangen offenbar aus dem Fenster des Nachbarzimmers. Sie sah aus ihrem Schlafzimmerfenster. Draußen waberte der Nebel. Zwei fliehende Gestalten waren nur schemenhaft zu erkennen. Sie riss das Fenster auf und feuerte noch drei Schüsse in Richtung der Verbrecher, die jedoch allesamt ihr Ziel verfehlten. Zumindest nahm sie das an, denn die beiden liefen unvermindert weiter. Kurz darauf hörte sie zwei Autotüren zuschlagen, und ein Motor sprang an.

Dann entglitt der Karabiner ihren Händen und fiel polternd auf den Boden. Sie musste sich erst einmal aufs Bett setzen, weil ihre Beine ihren Dienst verweigerten.

Sie wusste nicht, wie lange sie so gesessen hatte, ehe sie sich aufrappelte und in den Flur zu ihrem Handy ging. Sie wählte den Notruf. „Hier ist Lisa Stahl. Bei mir wurde eingebrochen. Ich habe die Einbrecher verjagt."

„Am Ende der Steinbacher Straße?", erkundigte sich die Beamtin. „Es wurden Schüsse gemeldet. Ein Streifenwagen ist bereits unterwegs zu Ihnen."

Kurz darauf hörte sie das Martinshorn und sah die blau blinkenden Lichter durch Haustür und Fenster leuchten. Sie ging nach draußen. Die beiden Beamten, die aus dem Streifenwagen stiegen, kannte sie bereits.

„Was ist mit den Einbrechern?", erkundigte sich der Hüne. „Wer hat geschossen?"

„Ich habe geschossen. Sie sind durch ein Fenster geflohen. Sie hatten oben auf der Straße einen Wagen geparkt."

„Karlchen ist am Telefon", sagte Ulla. „Anscheinend hat es bei Lisa Stahl wieder einen Einbruch gegeben. Es sind Schüsse gefallen. Die Täter sind flüchtig. Sie sind mit einem Fahrzeug geflohen, das wohl auf der L 292 geparkt war. Sie hat das Auto nur gehört, nicht gesehen.

„Wir kommen sofort", erwiderte Leyendecker. „Aber erst muss ich noch mit der Dienststelle telefonieren." Er wies an, dass alle verfügbaren Einsatzkräfte alle Fahrzeuge kontrollierten, die irgendwie von Lisa Stahls Haus kommen konnten. Obwohl er sich wenig Hoffnung machte. Vermutlich waren die Gangster längst verschwunden.

Karlchen stand oben auf der Treppe als Ulla und Leyendecker eintrafen. „Wir haben alles so gelassen, wie es war. Die junge Frau hat sich lediglich etwas übergezogen. Sie sitzt drinnen und wartet auf euch."

Lisa Stahl saß im Wohnzimmer zusammen mit Starck. In der Küche blubberte die Kaffeemaschine.

„Wir kommen gleich zu Ihnen", versprach Ulla. „Wir wollen uns nur kurz in der Wohnung umsehen."

Das große Loch in der Schlafzimmertür war das Erste, was ins Auge fiel. Das Geschoss war durch die Tür gedrungen und in die gegenüberliegende Wand eingeschlagen.

Im Schlafzimmer war immer noch ein leichter Geruch nach Pulver festzustellen, obwohl das Fenster offen stand. Auf dem Boden lag ein alter Karabiner.

„Wo der wohl herkommt?", wunderte sich Leyendecker. „Möglicherweise war es ihr Glück, dass sie diese Waffe hatte."

Ulla ging zum Fenster und sah hinaus. Aber in der Dunkelheit war nichts zu erkennen. „Wir brauchen wieder einmal die Spurensicherung."

Lisa Stahl hatte inzwischen eine Tasse Kaffee vor sich stehen. Vordergründig wirkte sie doch erstaunlich gefasst. Aber ihre Hand zitterte noch etwas, als sie die Tasse zum Mund führte.

Ulla nahm auf der Couch neben Lisa Stahl platz. Leyendecker setzte sich in einen freien Sessel.

„Berichten Sie doch einfach, was vorgefallen ist", bat Ulla.

„Ihr Kollege Höbel war ja noch am Nachmittag bei mir. Ich denke, er hat Ihnen davon berichtet.

Während Herr Höbel hier war, tauchte plötzlich Herr Kraft vom *Rolling Stone* auf, den Sie mir ja vermittelt haben, Frau Stein. Die beiden haben wohl unterschiedliche Auffassungen, wie mit dem Fall umgegangen werden soll. Nachdem Herr Höbel gegangen war, hat Herr Kraft noch ein Interview mit mir gemacht, das bald erscheinen wird und Kopien von dem letzten Eintrag in dem Heft angefertigt. Es ist geplant, dass weitere Artikel folgen. Dann hat er sich verabschiedet. Er hatte noch kein Hotelzimmer. Wo er untergekommen ist, kann ich Ihnen nicht sagen. Wenig später bin ich dann auch zu Bett gegangen. In der Nacht haben mich dann irgendwelche Geräusche geweckt. Zuerst wusste ich nicht, was ich von den Geräuschen halten sollte. Doch dann habe ich sehr schnell begriffen, dass sich Einbrecher im Haus befanden. Sie können sich ja meine Panik vorstellen. Ich wusste nicht, was ich machen sollte. In meiner Verzweiflung habe ich den Karabiner meines Großvaters, den ich nach den vergangenen Ereignissen in meinen Kleiderschrank gestellt hatte, hervorgeholt.

Ich weiß, dass ich die Waffe gar nicht besitzen darf, das wird wohl auch noch Ärger geben. Aber das war mir natürlich in dem Moment egal. Ich habe wahllos durch die geschlossene Tür gefeuert. Das schien mir in dem Moment die einzige Lösung zu sein."

„Ich glaube nicht, dass Sie viel zu befürchten haben, weil Sie diese Waffe besitzen", beschwichtigte Leyendecker. „Der Besitz der Waffe wird praktisch durch die Notwehrsituation im Nachhinein gerechtfertigt."

„Ich habe den Kerlen noch hinterher geschossen. Gott sei Dank habe ich nicht getroffen, sonst würde ich vermutlich noch mehr Ärger bekommen."

„Können Sie die beschreiben?"

„Das kann ich leider nicht. Sie waren vermummt, und es war ja dunkel. Beide waren recht groß und schienen sportlich zu sein. Aber das trifft ja auf viele zu. Außerdem ist die Beobachtungsgabe in einer solchen Situation wohl doch etwas eingeschränkt."

„Sind Sie sicher, dass Sie nicht getroffen haben?", erkundigte sich Ulla. „Wenn wir Blut finden würden, hätten wir wenigstens die DNS von einem der Täter."

„Ich habe nicht gezielt geschossen, sondern das Gewehr einfach in die entsprechende Richtung gehalten. Aber es hat keiner der beiden den Eindruck erweckt, als sei er getroffen worden. Wenn ich jemand getroffen hätte, hätte der doch wenigstens zucken müssen."

„Wir müssen halt abwarten, was die Spurensicherung findet", meinte Leyendecker. „Den Karabiner müssen wir natürlich sicherstellen. Ehrlich gesagt, wundert es mich, dass die Kerle einen erneuten Versuch gewagt haben. Sie gingen dabei ein enormes Risiko ein. Schließlich hätten sie sich für einen Mord verantworten müssen, wenn sie gefasst worden wären. Der Ertrag, den sie sich versprechen, muss doch in Relation zum Risiko stehen. Sie müssen irgendetwas über die Gitarre wissen."

„Sie hätten sich doch denken können, dass ich das Instrument nach den vergangenen Ereignissen nicht so einfach herumliegen lasse", sagte Lisa Stahl.

„Gerade das gibt zu Bedenken Anlass", meinte Ulla. „Die Motivation der beiden muss sehr hoch sein. Vielleicht wollten die Sie auch zwingen, die Gitarre zu beschaffen. Sie waren in großer Gefahr. Ich glaube, Sie hatten großes Glück, dass Sie den Karabiner zur Hand hatten. Dadurch haben Sie Aufmerksamkeit der Öffentlichkeit erregt, und denen blieb keine Zeit mehr, ihren Plan umzusetzen."

„Wie dem auch sei, wir können nicht riskieren, dass sie es wieder versuchen", meinte Leyendecker. „Am besten würden Sie ein paar Wochen in Urlaub fahren, bis der Fall geklärt ist. Ein paar Tage in der Sonne würden Ihnen sicher gut tun, und Sie kämen auf andere Gedanken."

„Ganz abgesehen davon, dass niemand weiß, wie lange das dauern wird, bis Sie die Burschen gefasst haben, kann ich nicht einfach den Unterricht sausen lassen."

„Wir können Sie nicht rund um die Uhr unter Personenschutz stellen, aber so allein hier in dem Haus am Waldrand können Sie nicht bleiben. Hätten Sie nicht jemand, bei dem Sie vorübergehend unterkommen könnten?"

„Eine Kollegin hat ein altes Haus in der Judengasse geerbt. Dort wird wohl noch ein Zimmer frei sein, in dem ich ein paar Tage wohnen kann. Ich werde morgen mit ihr reden. Heute ist ja ohnehin nicht mehr an Schlaf zu denken."

„Wohl kaum", bestätigte Ulla. „Bis die Spurensicherung hier fertig ist, ist es ohnehin Morgen. In jeden Fall wird ein Kollege bis dahin bei Ihnen bleiben.

Höbel war etwas verärgert, dass man ihn am gestrigen Abend nicht hinzugezogen hatte. Schließlich hinge der Einbruch doch wohl mit dem Mord zusammen. Und für den sei formal er zuständig.

„Sie hätten auch nicht mehr tun können als wir", meinte Ulla. „Vielleicht ist es sogar besser, wenn Sie noch einmal allein mit der jungen Frau reden. Häufig erinnert man sich besser an Einzelheiten, wenn etwas Zeit vergangen ist."

„Vielleicht haben Sie ja recht", fand Höbel. „Offenbar lassen die Gauner nicht locker. Sie müssen ganz schön kaltblütig sein. Jeder andere hätte die Aktion abgebrochen und sich vom Acker gemacht. Die Gitarre muss für die immens wichtig sein. Wir können die junge Frau nicht allein dort lassen. Die Gefahr ist zu groß."

„Das haben wir uns auch gedacht", schaltete sich Leyendecker ein. „Wir haben ihr vorgeschlagen, ein paar Tage nicht in dem Haus am Waldrand zu wohnen. Sie wollte heute Morgen mit einer Kollegin reden, die ein Haus in der Judengasse hat. Ich bin ziemlich sicher, dass die sie aufnimmt. Schließlich ist das ja ein Notfall. Falls nicht, müssen wir uns etwas anderes einfallen lassen. Trotzdem sollten wir sie soweit es geht im Auge behalten. Außerdem müssen wir publik machen, dass die Gitarre sicher untergebracht ist. Damit wir den Anreiz für die Kerle aus der Welt schaffen. Ich werde mich gleich mit der örtlichen Zeitung in Verbindung setzen. Die werden ja über den erneuten Einbruch berichten wollen."

„Wohl nicht nur die örtliche Zeitung", fand Höbel. „Ich habe bei ihr jemand angetroffen, der sich als Redakteur des *Rolling Stone* ausgab."

„Lisa Stahl hat berichtet, dass der inzwischen eingetroffen ist", sagte Ulla. „Hatte ich Ihnen nicht davon erzählt? Er ist der Ehemann einer Kollegin. Ich habe Frau Stahl versprochen, ihr bei der Klärung der Herkunft des Instruments behilflich zu sein."

„Er sprach davon, für entsprechende Hinweise, die zur Feststellung der Identität der Schreiberin der Tagebücher führen, eine Belohnung auszusetzen. Ich fürchte, dann können wir uns vor falschen Spuren nicht mehr retten."

„Wir müssen ja nicht auf alles anspringen", erklärte Leyendecker. „Mir erscheint es wichtig, dass wir uns unabhängig davon darum bemühen herauszufinden, wer die Tagebücher geschrieben hat und wer sie auf dem Dachboden untergebracht hat."

„Leichter gesagt als getan", meinte Ulla. „Welche Informationen haben wir denn bisher. Es handelt sich um eine Frau, ich glaube das können wir als sicher voraussetzen. Der letzte Eintrag war 1966. Die Sachen müssen also später dort untergebracht worden sein. Ein ganz schön langer Zeitraum bis heute. Aber ich glaube, es ist wahrscheinlicher, dass sie nicht allzu lange danach dort deponiert wurden. Es ist doch wohl naheliegend, dass sie nicht von einer Wildfremden dort verstaut wurden. Es muss ein Bekannter oder, und das ist am wahrscheinlichsten, ein Familienmitglied gewesen sein. Welche Verbindung könnte von einem Mitglied der Familie zu einer jungen Frau bestehen, die 1966 in London war. Die Sechziger waren ein besonderes Jahrzehnt, denken wir nur an die Jugendbewegung damals. Lisa und ihre Mutter scheiden wohl aus. Die waren 1966 noch nicht geboren. Also können es nur die Großeltern sein, die eine solche Verbindung gehabt haben könnten. Aber zu wem?"

„Die Großeltern sind tot", erklärte Leyendecker. „Wir können sie also nicht fragen. Die Tochter, der sie etwas erzählt haben könnten, ist ebenfalls tot. Ihre Enkelin weiß von nichts. Wen könnten wir also fragen?"

„Freunde oder Bekannte aus dieser Zeit. Nachbarn vielleicht."

„Du hast recht", stimmte Leyendecker. „Damals war noch nicht so viel Wechsel in der Dorfbevölkerung. Die Alteingesessenen kannten sich untereinander. Und Lisa Stahls Großeltern waren Alteingesessene. Ich glaube, ich weiß, wen ich zuerst frage."

Leyendecker läutete an der Haustür. Drinnen hörte er schlurfende Schritte. Seine Nachbarin war also da. Kurz darauf öffnete Lieschen Schnell die Tür. Lieschen Schnell war vor Kurzem noch von einem Söldner als Geisel genommen worden. Berger und Starck hatten sie in einer spektakulären Aktion befreit. Inzwischen hatte sie diese dramatischen Ereignisse weitgehend verarbeitet.

„Hallo Christoph, schön, dass du mich besuchst. Komm doch herein. Geh schon vor in die Küche, du kennst ja den Weg."

Leyendecker folgte der Aufforderung.

„Setz dich doch", bat Frau Schnell. „Ein Bier?"

„Lass mal", erwiderte er.

„Du kommst doch nicht etwa dienstlich? Mein Bedarf an Abenteuern ist eigentlich gedeckt."

„Keine Angst. Aber mein Besuch ist tatsächlich dienstlich."

Lieschen Schnell setzte sich und sah ihn erwartungsvoll an. „Das ist ja spannend. Schieß los!"

„Eigentlich bin ich nur gekommen, um dich als alte Altstädterin etwas zu fragen. Du hast doch vermutlich auch gehört, dass man heute Nacht im ehemaligen Forsthaus erneut eingebrochen hat."

„Ich habe davon gehört. Seit dem frühen Morgen wird darüber gesprochen. Der armen Frau bleibt aber auch nichts erspart. Seit dem Artikel über die Gitarre kommt die wohl nicht mehr zur Ruhe. Wie kann ich dir denn nun helfen?"

„Mit dieser Gitarre wurden einige Hefte gefunden, in denen jemand so eine Art Tagebuch geführt hat. Das hast du doch sicher auch gelesen."

„Das haben die ja in der Zeitung berichtet. Ich nehme an, du fragst dich, wer die geschrieben hat. Ich glaube, da kann ich dir helfen. Die Hefte sind vermutlich von der Mona."

„Du weißt, wer die geschrieben hat?", staunte Leyendecker. „Das wäre ja fantastisch. Das würde uns bei unseren Ermittlungen sehr weiter helfen."

„Ich weiß das natürlich nicht genau. Aber ich kann es mir gut vorstellen."

„Erzähl schon. Wer ist diese Mona?"

„Mona, eigentlich Monika, ist die Tochter von Erwin und Hilde Seelbach."

„Die hatten noch eine Tochter? Ich habe immer geglaubt, dass die nur die Adoptivtochter Anja hatten. Mona wäre dann die Tante von Lisa Stahl."

„Das kommt schon hin, auch wenn die beiden keine leiblichen Verwandten sind."

„Erzähl mir mehr von dieser Mona."

„Möglicherweise hast du sie sogar noch gekannt, aber ich glaube, du warst noch im Kindergarten, als sie verschwunden ist. Mona wurde kurz nach dem Krieg geboren, 1948/49. Sie war ein außergewöhnlich hübsches Mädchen. Aber sie war mit allen Wassern gewaschen, wild und aufmüpfig. Die Seelbachs haben sie nie wirklich in den Griff bekommen. Bereits mit vierzehn ist sie das erste Mal abgehauen und nach wenigen Wochen von der Polizei wiedergebracht worden. Das wiederholte sich in regelmäßigen Abständen. Irgendwann ist sie dann ganz weggeblieben und nie mehr aufgetaucht. Keiner weiß, was aus der geworden ist. Es hat keiner mehr über sie gesprochen. Die Seelbachs haben ja dann auch die Anja adoptiert. Ich glaube nicht, dass sich die beiden Mädchen jemals getroffen haben, obwohl sie ja praktisch Schwestern sind, zumindest rechtlich. Viel mehr kann ich dir auch nicht sagen."

Als Lieschen geendet hatte, schwieg Leyendecker einen Augenblick. Dann sagte er: „Das muss ich erst einmal verdauen. Es gab also noch eine Tochter. Lisa Stahl weiß mit Sicherheit nichts davon, sonst hätte sie doch etwas gesagt. Ich bezweifle auch, dass ihre Mutter etwas gewusst hat. Diese Tochter scheint das berühmte schwarze Schaf zu sein, das in der Familie totgeschwiegen wurde. Und du weißt nicht, wohin diese Mona damals abgehauen ist?"

„Keine Ahnung. Sie ist damals verschwunden, und ich habe nie mehr etwas von ihr gehört. Möchtest du jetzt ein Bier? Ich trinke auch eins mit."

„Gerne", erwiderte Leyendecker. „Eigentlich müsste ich ja dir eins ausgeben. Ich glaube, du hast uns sehr geholfen."

„Endlich haben wir eine Spur, wer die Sachen auf Lisa Stahls Dachboden gebracht hat." Leyendecker hatte bereits gestern Abend mit Ulla gesprochen. Nun saßen sie auf der Dienststelle mit Höbel zusammen. „Unsere Nachbarin, sie ist über neunzig, aber geistig immer noch fit, hat mir gestern erzählt, dass die Seelbachs, Lisa Stahls Großeltern, noch eine Tochter haben oder zumindest hatten, die seit Jahren nicht mehr aufgetaucht ist. Laut Frau Schnells Angaben soll sie Monika geheißen haben und so 1948/49 geboren worden sein. Wie unsere Nachbarin erzählte, muss die eine rechte Rumtreiberin gewesen sein. Gut möglich, dass sie 1966 tatsächlich in London war."

„Ich glaube, das ist unser Durchbruch", erklärte Höbel. „Wir müssen diese Frau finden."

„Falls sie noch lebt", gab Ulla zu bedenken. „Immerhin wäre sie heute auch schon siebzig Jahre alt, und man hat wohl seit den Sechzigern nichts mehr von ihr gehört. Schon seltsam, dass nicht einmal Lisa Stahl weiß, dass diese Frau überhaupt existiert hat. Lass uns doch mal in der Einwohnermeldedatei nachsehen."

„Moment, ich sehe gleich einmal nach." Leyendecker rief die Datei auf. „Das wäre auch zu schön gewesen. Es gibt keine Frau mit diesem Namen, bei der das Geburtsdatum annähernd passt. Aber das hier ist ja auch nur Rheinland Pfalz, und sie kann ja inzwischen auch ganz anders heißen."

„Und das Einwohnermeldeamt?", fragte Höbel.

„Die haben da noch so eine Uraltkartei, aber
soweit reicht die vermutlich nicht zurück. Die
Verbandsgemeinde wurde ja erst 1972 gegründet."

„Ich habe kürzlich eine Fernsehsendung gesehen", sagte Höbel. „Da ging es um eine Frau, die
darauf spezialisiert ist, Erben zu finden."

„Ich denke nicht, dass wir so jemand brauchen", lachte Ulla. „Wir sind die Polizei."

„Wir machen das gleiche, wie diese Nach-
lassverwalter oder andere Ahnenforscher. Wir
schauen erst einmal nach, was wir beim Standesamt erfahren."

„Rufen Sie doch gleich mal an", schlug Höbel
vor.

„So einfach wird das dann doch nicht sein",
gab Leyendecker zu bedenken. „Das liegt alles
so lange zurück. Die können nicht einfach in das
Familienregister sehen, und dessen Vorgänger,
das Familienbuch, existierte wohl auch erst seit
Ende der Fünfziger. Wenn wir Glück haben, sind
aber noch alte Akten von der ehemaligen Gemeinde Altstadt vorhanden. Aber vielleicht wurde sie ja auch in Hachenburg geboren. Viele kamen damals im sogenannten Helenenstift zur
Welt. Ich rufe mal an und trage unser Anliegen
vor. Sie, Herr Höbel, können ja heute Nachmittag vor Ort nachhören, ob die etwas gefunden
haben."

„Sollten wir Lisa Stahl nicht von dieser Entwicklung in Kenntnis setzen?", fragte Ulla. „Ich kann mir vorstellen, dass sie sehr überrascht sein wird."

„Sie ist noch in der Schule, da sollten wir sie nicht stören", erklärte Leyendecker. „Sie erfährt es noch früh genug. Schade, dass der *Rolling Stone* die Belohnung noch nicht ausgesetzt hat. Die wäre ein angenehmes Zubrot zur Rente unserer Nachbarin gewesen."

„Wenn ich recht unterrichtet bin, erscheint das Magazin am Freitag. Solange können wir diese Information Frau Stahl sicher nicht vorenthalten", meinte Höbel.

„Das können wir wirklich nicht", bestätigte Ulla. „Sie wollten ja ohnehin noch mit ihr reden. Bei dieser Gelegenheit können Sie sie gleich über die neueste Entwicklung informieren.

## Kapitel 5

Höbel hatte sich zu Fuß in Richtung Innenstadt begeben, um in der Mittagspause eine Kleinigkeit zu essen. Er war noch unschlüssig, ob er eine Pizzeria oder ein anderes Gasthaus aufsuchen sollte.

Als er den Fußgängerüberweg vor der Apotheke überqueren wollte, hielt eine Radfahrerin, die den Kreisverkehr verließ, an. Als er die Fahrbahn überquerte, hörte er eine Stimme, die seinen Namen rief. Er drehte sich um und erkannte Lisa Stahl. „Hallo Frau Stahl, ich habe Sie mit diesem Fahrradhelm gar nicht erkannt!", rief er und gab ihr Zeichen, ihm in die Fußgängerzone zu folgen.

Lisa Stahl stieg von ihrem Pedelec ab und gesellte sich zu ihm.

„Das trifft sich ja gut", erklärte er, nachdem er ihr die Hand geschüttelt hatte. „Ich wollte ohnehin noch mit Ihnen reden."

„Ihre Kollegen haben Ihnen doch wohl über die Ereignisse der vorletzten Nacht berichtet?"

„Natürlich. Aber es ist immer besser, wenn man sie noch einmal direkt aus erster Hand erfährt.

Ich war eigentlich unterwegs, um etwas zu Mittag zu essen. Sie kommen doch vermutlich gerade aus der Schule. Darf ich Sie einladen?"

„Ich habe tatsächlich etwas Hunger."

„Das ist doch prima. Wohin sollen wir gehen? Schlagen Sie etwas vor."

„Im Gasthaus zum *Weißen Ross* bieten sie immer ein Mittagsmenü an. Lassen Sie uns doch nachsehen, was es heute gibt. Wenn uns das nicht zusagt, können wir immer noch in die Pizzeria gegenüber oder ein Steak in der Schwanenpassage essen. Ich will nur eben das Rad in den Hausflur stellen."

„Ich habe erfahren, Sie seien bei einer Kollegin untergekommen."

„Ihre Kollegen hielten es für zu riskant, allein dort am Waldrand zu bleiben. Wenn ich ehrlich bin, muss ich zugeben, dass ich nach dem erneuten Einbruch doch ein wenig Angst hätte."

„Das erstaunt mich nicht. Sie haben ja doch Einiges durchgemacht."

Vor einem alten kleinen Haus in der Judengasse blieben sie stehen, und Lisa Stahl schloss die Haustür auf.

Höbel half ihr, das Pedelec die zwei Steinstufen hochzuheben.

„Es ist gut, dass ich das Rad noch hatte. Ich bin meiner Kollegin sehr dankbar, dass sie mich bei sich aufgenommen hat, und das Wohnen in der Innenstadt ist ja auch sehr schön. Ein Nachteil, den man in Kauf nehmen muss, sind die fehlenden Parkplätze. Aber mit dem Pedelec komme ich ganz gut zurecht. Ich konnte mein Auto zu Hause stehen lassen. Falls ich es benötige, kann ich es ja jederzeit holen. Ich muss dort ja ohnehin hier und da nach dem Rechten sehen. Oder glauben Sie, das sei zu riskant."

„Ich weiß nicht", entgegnete er, „jedenfalls sollten Sie auf der Hut sein, egal wo Sie sich aufhalten."

„Ich würde Ihnen ja gerne noch das Haus zeigen. Es ist klein und knuffig. Aber ich weiß nicht, ob das meiner Kollegin recht wäre."

„Das können wir ja vielleicht später einmal nachholen. Ich hoffe allerdings, dass Sie bald wieder in Ihr Haus zurück können."

Das heutige Tagesgericht war Kalbsgeschnetzeltes in Rahmsoße und Bandnudeln. Das ging aus der Speisekarte hervor, die draußen aushing.

„Sagt Ihnen das zu?", erkundigte sich Höbel.

„Sehr gerne", erwiderte Lisa. „Im Sommer ist es auch sehr schön, hier draußen zu sitzen und über den Alten Markt zu blicken. Aber dafür ist es definitiv zu kalt. Lassen Sie uns reingehen."

Das Lokal war recht gut gefüllt, aber sie fanden noch zwei frei Plätze und ließen sich auf den gelben Sesseln nieder.

Höbel bestelle zweimal das Tagesgericht und einen Weißwein für Lisa Stahl und ein Wasser für sich. Er vermied es, während des Essens, das im Übrigen sehr gut schmeckte, über die Ereignisse der vergangenen Tage zu reden.

Erst nach dem Nachtisch forderte er sie auf, ihm doch kurz von der fraglichen Nacht zu erzählen. Allerdings erfuhr er nichts, was er nicht bereits von Leyendecker und Stein erfahren hatte. Lisa Stahl konnte keine neuen Informationen berichten. Die Überraschung sparte er sich für den Schluss auf.

„Wir glauben zu wissen, wer die Sachen in Ihrem Haus deponiert hat", sagte er geheimnisvoll.

„Sagen Sie bloß", staunte Lisa. „Das ist ja ausnahmsweise einmal eine gute Nachricht."

„Sagt Ihnen der Name Monika oder Mona Seelbach etwas?"

„Wer soll das sein? Meine Mutter und meine Großeltern hießen Seelbach. Ist das eine entfernte Verwandte?"

„Ihre Mutter oder Ihre Großeltern haben nie eine Monika oder Mona erwähnt?"

„Nicht dass ich wüsste. Sie machen mich neugierig. Wer ist denn nun diese geheimnisvolle Mona?"

„Der Kollege Leyendecker hat mit seiner Nachbarin gesprochen, einer recht alten Frau. Die sagt, Erwin und Hilde Seelbach hätten eine Tochter namens Monika gehabt."

„Meine Großeltern sollen eine Tochter namens Monika haben? Das ist ausgeschlossen. Das müsste ich doch wissen. Meine Großeltern konnten keine Kinder bekommen. Deshalb haben sie ja auch meine Mutter adoptiert." Etwas nachdenklicher fuhr sie fort: „Zumindest habe ich das immer geglaubt. Sie waren ja damals schon recht alt. Wann soll diese Mona denn geboren worden sein?"

„Die Nachbarin meinte, das wären wenige Jahre nach dem Krieg gewesen."

„Da waren meine Großeltern noch recht jung. Aber zeitlich käme das schon hin. Die Aufzeichnungen der jungen Frau enden 1966. Da müsste sie etwa achtzehn Jahre alt gewesen sein. Und was ist denn aus ihr geworden. Rechtlich wäre sie wohl meine Tante."

Lisa Stahl starrte eine Weile wortlos vor sich hin. Gedankenlos spielt sie mit dem Nachtischlöffel. „Ich kann das immer noch nicht glauben. Das muss ich erst einmal verdauen", fuhr sie dann fort. „Gibt es da noch andere Hinweise außer der Aussage dieser alten Frau?"

„Bisher nicht. Der Kollege Leyendecker hat das erst gestern Abend erfahren. Wir sind dabei, das zu ermitteln. Gleich habe ich einen Termin auf dem Standesamt. Vielleicht erfahren wir ja da mehr."

„Ich komme mit", erklärte Lisa Stahl bestimmt.

Höbel dachte einen Augenblick nach. Warum sollte er die junge Frau nicht mitnehmen? Schließlich ging es um eine Verwandte von ihr. Eigentlich hatte sie ein Recht auf diese Auskünfte. „Also gut, warum sollten Sie nicht mitkommen", antwortete er und gab der Kellnerin ein Zeichen, dass er bezahlen möchte.

Die junge Frau auf dem Standesamt hatte schon auf sie gewartet. „Sie müssen der Herr Höbel sein. Kommen Sie herein und nehmen Sie doch Platz."

„Ganz recht. Ich bin Lars Höbel. Das ist Frau Stahl. Sie ist eine Verwandte von der Frau, über die wir etwas erfahren möchten. Zumindest nehmen wir das an. Haben Sie denn etwas herausgefunden?"

„Das haben wir tatsächlich. Es wird Sie wohl kaum interessieren, aus welchen Unterlagen wir die Ergebnisse zusammengesucht haben, denn schließlich ist seitdem doch schon einige Zeit vergangen."

Sie nahm einen handgeschriebenen Zettel zur Hand. „Am dritten April 1949 kam eine Tochter der Eheleute Erwin und Hilde Seelbach zur Welt, die von ihnen Monika genannt wurde."

„Gibt es irgendeine Möglichkeit zu erfahren, was aus dieser Frau geworden ist, wo sie sich derzeit aufhält?", fragte Lisa.

Die Standesbeamtin sah sie eindringlich an. „Die junge Frau ist tot. Sie ist am zehnten Dezember 1968 verstorben."

Betretenes Schweigen breitete sich aus. Das Fünkchen Hoffnung, das Lisa Stahl mit dieser Frau verbunden hatte, erlosch.

Nach einer Weile erkundigte sich Höbel. „Da war sie nicht mal zwanzig Jahre alt. Man stirbt so jung doch nicht so einfach. Vielleicht ein Unglücksfall. Lässt sich irgendwie feststellen, woran sie gestorben ist. Gibt es vielleicht einen Totenschein?"

„Das kann man hier nicht sehen. Einen Totenschein haben wir nicht. Sie ist nicht hier gestorben. Dann erhalten wir lediglich eine Mitteilung. Das wird hier dann entsprechend vermerkt."

„Wo ist sie denn gestorben? Vielleicht hat man ja dort einen Totenschein. Vielleicht kann man über den Arzt, der diesen ausgestellt hat, ja mehr erfahren?"

„Sie ist im Ausland gestorben, in Großbritannien, genauer gesagt in London."

„Sie hat sich also in London aufgehalten", ergriff Lisa Stahl das Wort. „Ein weiteres Indiz. Ich glaube, wir können davon ausgehen, dass die Sachen bei mir auf dem Speicher von ihr stammen."

Höbel bedankte sich bei der jungen Standesbeamtin. „Ich glaube, Sie haben uns sehr geholfen."

„Ich kann es immer noch nicht fassen", erklärte Lisa, als sie wieder draußen waren. „Meine Großeltern hatten tatsächlich noch eine Tochter. Warum hat man mir das wohl verschwiegen? Und was ist mit meiner Mutter? Hat die von ihrer Schwester gewusst?"

„Als ihre Mutter adoptiert wurde, hat Monika Seelbach schon nicht mehr gelebt", sagte Höbel. „Ich glaube nicht, dass sie davon gewusst hat. Sonst hätte die Ihnen doch von ihr erzählt. Es sieht so aus, als wäre diese Mona so etwas wie das schwarze Schaf gewesen. Vermutlich hat man deshalb nicht über sie gesprochen."

„Wir werden das wohl nie erfahren. Jedenfalls kann Mona Seelbach die Herkunft der Gitarre nicht bestätigen. Wir müssen wieder ganz von vorne beginnen. Wie es scheint, werde ich die Echtheit der Gitarre nie beweisen können."

„Da würde ich die Hoffnung nicht so schnell aufgeben. Wir wissen jetzt wenigstens, wer die Sachen hierher gebracht hat, und die Verbindung zu London ist auch gegeben. Indizien, die für die Echtheit der Gitarre sprechen. Aber das sind natürlich keine Beweise. Dieser Oliver Kraft wollte sich doch mit einem Spezialisten für Dissy Watkins in Verbindung setzen. Was ist denn daraus geworden?"

„Ich habe bisher nichts von ihm gehört."

„Wie dem auch sei. Ich muss diese Entwicklungen mit meinen Kollegen besprechen. Wir halten Sie auf dem Laufenden. Ich hoffe doch, dass wir uns bald einmal wiedersehen."

Ulla sah Höbel erwartungsvoll an, als dieser ihr Zimmer betrat. „Sind Sie fündig geworden?", erkundigte sie sich.

„Allerdings, ich glaube aber nicht, dass das uns weiter bringt."

„Erzählen Sie, oder warten Sie, Christoph wird das auch interessieren. Wir gehen zu ihm. Dann brauchen Sie nicht alles zweimal zu berichten."

„Da glaubten wir, einen Ansatzpunkt zu haben, und dann ist er auch schon wieder weg", erklärte Leyendecker, nachdem Höbel geendet hatte. „Wir hatten ja angenommen, dass die Frau, die die Sachen in Lisa Stahls Haus gebracht hat, irgendjemand davon erzählt hat und der dadurch die Echtheit des Instruments kannte, und nun erfahren wir, dass sie schon fünfzig Jahre tot ist. Da kann sie es ihm wohl kaum vor Kurzem erzählt haben."

„Ich habe da einen anderen Gedanken", erklärte Ulla. „Vielleicht wusste jemand, dass sich diese Monika Seelbach im Besitz der Gitarre befand, wusste aber nicht wo sie war. Als jetzt in der Zeitung darüber berichtet wurde, erinnerte er sich daran und hat versucht, das Instrument an sich zu bringen."

„Das wäre durchaus eine Möglichkeit", erklärte Höbel. „Irgendjemand wusste, dass sie echt ist. Aber beweisen kann er das vermutlich auch nicht."

„Wie dem auch sei, für unseren Fall bringt das keine neuen Erkenntnisse. Jedenfalls können wir Mona Seelbach nicht mehr fragen", sagte Leyendecker.

„Sie ist so jung verstorben", erklärte Ulla. „Mich würde schon interessieren, woran sie gestorben ist."

„Interessieren würde mich das auch", bestätigte Leyendecker, „aber das werden wir wohl nie erfahren. Selbst wenn wir das wüssten, würde das uns bei unserer Mördersuche kaum weiterhelfen."

„Ich weiß nicht", sagte Ulla. „Irgendwie habe ich so ein Gefühl, dass es schon wichtig für uns wäre, über die näheren Umstände ihres Todes Bescheid zu wissen. Sie hatte ja wohl Kontakt zu diesem Dissy Watkins, der ist doch auch in jungen Jahren gestorben."

„Das war aber fast zwei Jahre später. Da sehe ich keinen Zusammenhang."

„Du kannst sagen, was du willst, ich finde, wir sollten wenigstens versuchen, etwas über ihren Tod zu erfahren."

„Und wie stellen Sie sich das vor?, erkundigte sich Höbel. „Wir sollten nicht vergessen, dass das eine Ewigkeit her ist."

„Sie ist sehr jung gestorben. Da spricht doch vieles dafür, dass das irgendwie kein natürlicher Tod war. Vielleicht wurde das irgendwo festgehalten. Ich denke da an einen Presseartikel oder etwas in der Art."

„Das muss nicht zwangsläufig so sein. Das war in Großbritannien, in einer Großstadt wie London passiert so etwas dauernd und ist nichts Außergewöhnliches. Das ist nicht wie bei uns. Dort gibt es ständig tragische Unfälle oder Verbrechen."

„Vielleicht haben wir doch Glück und finden etwas heraus. Was haben wir denn schon zu verlieren. Unsere Ermittlungen hier sind festgefahren. Die Zeitungen archivieren doch ihre Ausgaben. Vielleicht finden wir ja in irgendeiner Londoner Zeitung einen Hinweis."

„Wollen wir einfach auf gut Glück nach London fahren und bei irgendeinem Zeitungsverlag vorstellig werden?"

„Warum denn nicht. Wenn die eine Story wittern, werden die uns auch helfen. Ich war schon ewig nicht mehr in London."

„Ich auch nicht. Ein Kurztrip dorthin würde mir eigentlich auch gefallen. Du erinnerst dich doch noch an Danika Adler."

„Allerdings", bestätigte Ulla. „Ich wundere mich sowieso, dass sie sich nicht schon längst bei dir gemeldet hat. Das ist doch sonst nicht ihre Art."

„Ich versuche gleich einmal, sie bei ihrem Boulevardblatt anzurufen. Wenn sie uns hilft, wird sie wieder erwarten, dass wir ihr exclusiv Informationen zukommen lassen."

„Lisa Stahl hat ja schon eine Vereinbarung mit diesem Redakteur vom *Rolling Stone*. Aber das betrifft uns ja nicht. Wenn wir durch ihre Hilfe an Informationen kommen, habe ich nichts dagegen, dass sie diese Informationen zumindest zuerst erhält."

Leyendecker hatte die Nummer der Reporterin noch in seinem Telefonverzeichnis gespeichert. Danika Adler war nach wenigen Sekunden am Telefon. „Herr Leyendecker, wie schön, dass Sie sich bei mir melden. Wann haben wir zuletzt miteinander geredet? Ging es da nicht um diesen ominösen Sektenführer? Das war eigentlich eine recht gute Story. Und wir waren dank Ihrer Unterstützung die Ersten. Ach nein, bei dem Fall, als es um diese ermordete Frau auf dem Alten Markt ging, hatten wir ja auch Kontakt. Das war allerdings erst, als sie den Fall schon aufgeklärt hatten. Ich weiß nicht, wo mir der Kopf steht. Ich bin heute erst aus dem Urlaub zurückgekommen. Hier geht es drunter und drüber. Aber für Sie habe ich immer Zeit. Wie geht es Ihnen? Wie kann ich Ihnen helfen?"

Das erklärte, warum sie ihn nicht schon längst angerufen hatte. „Ich hoffe, Sie hatten einen erholsamen Urlaub."

„Reden wir nicht davon. Als ich in Hawaii ankam, waren meine Koffer wohl auf einem anderen Kontinent. Ich habe sie erst zwei Tage vor meinem Rückflug erhalten. Das war nicht das Einzige, was schief ging. Aber ich will Sie nicht weiter mit meinen Urlaubspannen langweilen. Was kann ich denn nun für Sie tun?"

„Ich glaube, ich muss da etwas weiter ausholen: Eine junge Frau hat hier auf dem Dachboden eine alte Gitarre gefunden, und es spricht vieles dafür, dass die von Dissy Watkins, dem berühmten Gitarristen, stammt. Im Zusammenhang mit dieser Gitarre hat es einen Todesfall gegeben, in dem wir jetzt ermitteln."

„Und da rufen Sie mich an. Das freut mich aber, dass Sie gleich an mich gedacht haben. Vielen Dank."

Jetzt hatte Leyendecker doch ein etwas schlechtes Gewissen, er ging aber nicht weiter auf den Einwurf der Reporterin ein. „Wir glauben, dass die Gitarre von einer Verwandten dieser jungen Frau vor vielen Jahren dort deponiert wurde, haben jedoch inzwischen festgestellt, dass diese Verwandte bereits 1968 in Großbritannien, genauer gesagt in London, verstorben ist. Diese Frau war damals noch sehr jung, sodass die Vermutung naheliegt, dass die infolge eines Unfalls oder eines Verbrechens verstorben ist."

„Das ist ja hochinteressant. Und Sie glauben, dass ihr Mordfall damit zusammenhängen könnte? Das könnte ja wirklich eine tolle Story ergeben."

„Es ist nur eine vage Vermutung. Fairerweise muss ich dazu sagen, dass die junge Frau so eine Art Exclusivvereinbarung mit dem *Rolling Stone* abgeschlossen hat."

„Die sind also schon an der Geschichte dran. Aber das ist eigentlich keine Konkurrenz für uns. Die sprechen ein anderes, spezielleres Klientel an. Außerdem sind die nicht tagesaktuell. Aber Sie haben doch nichts mit diesem Magazin vereinbart?"

„Natürlich nicht. Sie wissen doch, dass wir so etwas nicht dürfen. Wir dürfen doch keine Presseorgane oder Personen bevorzugen. Und da halten wir uns natürlich dran. Zumindest ist das meistens so."

„Aber Sie wollen doch etwas von mir. Da kann ich doch von Ihnen ein gewisses Entgegenkommen erwarten?"

„Ich will es mal so sagen: Es soll Ihr Schaden nicht sein. Sie wissen doch: Eine Hand wäscht die andere."

„Verstehe. Was wünschen Sie denn von mir?"

„Wir haben uns gefragt, ob nicht die Londoner Zeitungen über diesen Todesfall berichtet haben. Meine Frage wäre, ob Sie uns vielleicht ein paar Türen öffnen könnten. Möglicherweise haben Sie ja Verbindung zu einem dieser Blätter?"

„Ich glaube, das könnte ich sogar. Zufällig kenne ich da einen Kollegen beim *Mirror*, und ich kenne auch ein kleines schnuckeliges Hotel, wir beide könnten doch ..."

Von Ulla war ein deutliches Räuspern zu hören.

„Ich höre, Sie sind nicht allein, Herr Leyendecker. Erschrecken Sie nicht. Das war auch nur ein Scherz. Wie ich bereits ausführte, wächst mir hier die Arbeit über den Kopf. Ich hätte im Augenblick gar keine Zeit, mit Ihnen nach London zu fahren."

„Aber Sie könnten mit diesem Kollegen reden?"

„Das werde ich gerne tun, wenn Sie mir versprechen, mich auf dem Laufenden zu halten."

„Ich glaube, das kann ich Ihnen zusagen."

„Der Kollege heißt John Walker."

„Wie originell. Das lässt sich gut merken."

„Ich werde ihn anrufen. Ich denke, er wird Ihnen gerne weiter helfen. Vielleicht ist für den ja auch eine Story drin."

„Vorerst vielen Dank. Auf Wiedersehen Frau Adler."

„Auf Wiedersehen Herr Leyendecker. Und vergessen Sie nicht, sich bei mir zu melden, wenn Sie etwas Interessantes erfahren."

„Versprochen."

„Ich bin mir gar nicht sicher, ob das eben wirklich ein Scherz war", meinte Ulla.

„Natürlich war das ein Scherz. Ich glaube, wir sollten anfangen zu packen. London wartet auf uns."

## Kapitel 6

Das Flugzeug knirschte, schüttelte sich und sackte ein Stück ab. Leyendecker hielt sich an der Sitzlehne fest. Gleichzeitig spürte er, wie sein linker Arm heiß wurde.

„Entschuldigen Sie bitte", bat die Flugbegleiterin.

Leyendecker sah auf. Sie war eben dabei gewesen, Kaffee auszuschenken, wovon jetzt ein Großteil in Leyendeckers Hemd verschwunden war. Gleichzeitig war ein Gong zu hören, und die Zeichen, die Gurte zu schließen, erschienen.

Kurz darauf erklang eine knarrende Stimme aus den Lautsprechern: „Meine Damen und Herren, wir durchfliegen gerade eine Schlechtwetterfront. Wir bitten Sie, die Sitzgurte zu schließen, die Sitze aufrecht zu stellen und Ihre Plätze nicht zu verlassen."

„Wir müssten doch bald in London sein", sagte Ulla.

„Dem Wetter nach zu schließen schon", antwortete Leyendecker. „Ich hoffe, dass du Regenzeug eingepackt hast."

„Was glaubst denn du? Meinst du, ich ließe mich von den Filmen täuschen, die sonntags immer im Zweiten laufen. Außerdem spielen die in Cornwall."

„Da kann das Wetter doch auch nicht viel anders sein als in London."

„Vielleicht drehen die nur bei Sonne."

Inzwischen waren sie von einer dunkelgrauen Suppe umgeben. Regentropfen schlugen gegen die kleinen Fenster, und das Flugzeug bockte wie ein wildes Pferd. Ein greller Blitz leuchtete auf.

Trotzdem kündigte die Stimme an, dass man sich im Landeanflug auf Heathrow befände. Schwankend sank die Maschine immer tiefer, und es ruckte spürbar, als die Landeklappen ausgefahren wurden. Das Flugzeug schwankte hin und her. Plötzlich starteten die Triebwerke durch, und langsam hob sich die Nase der Maschine wieder. Im difusen Licht konnten sie schemenhaft die Lichter der Landebahn erkennen, die wenige Meter unter ihnen war.

Wieder ertönte die knarrende Stimme: „Wir mussten den Landeanflug abbrechen. Wir gehen jetzt in eine Warteschleife und werden etwas später landen, sobald es das Wetter zulässt."

„Hoffentlich haben die genug Sprit dabei", sagte Leyendecker.

„Das ist nicht lustig", fand Ulla. „Meinst du, die würden solange kreisen, bis denen der Saft ausgeht?"

Außer den knackenden Geräuschen der Maschine und dem Brummen der Triebwerke war es im Inneren der Maschine inzwischen still geworden. Nur quengelnde Kinderstimmen waren hier und da zu hören. Wortlos sahen die Passagiere

aus den Fenstern, um jedes Mal zusammenzufah-
ren, wenn ein Blitz herniederzuckte.

Nach etwa einer halben Stunde, die gefühlt
viel länger war, setzte die Maschine erneut
schwankend zur Landung an. Die Erleichterung
war allenthalben zu spüren, als sie holpernd auf-
setzte und kurz darauf langsam ausrollte.

Leyendeckers Koffer war einer der ersten. Aber
es dauerte ewig bis Ullas Trolley dann erschien.

„Wie geht es weiter", erkundigte sich Leyendecker. Er hatte es Ulla überlassen, Flug und
Unterkunft zu buchen, und sie hatte bis jetzt ein
großes Geheimnis darum gemacht.

„Wir fahren mit der Tube. Die hält ja hier im
Flughafen", antwortete sie und kramte einen Plan
aus der Tasche. „In London ist so gut wie jeder
Ort mit der U-Bahn zu erreichen."

Sie lösten zwei Day-Travelcards an einem der
Automaten. Kurz nachdem sie den richtigen
Bahnsteig erreicht hatten, fuhr der Zug auch
schon donnernd ein. Die zahlreichen Passagiere
stiegen diszipliniert in die Bahn, die daraufhin
restlos überfüllt war. Aber je weiter sie in die
Stadt kamen, und nachdem sie mehrmals umge-
stiegen waren, ließ das Gedränge dann doch
nach.

Schließlich sagte Ulla: „Die nächste Station
steigen wir aus."

Leyendecker sah auf die Uhr. Sie waren fast
eine Stunde unterwegs gewesen. „Wenn ich das

richtig sehe, sind wir hier in Kensington. Ein Nobelviertel in der Nähe des Hyde Parks, da sind die Hotelpreise doch vermutlich entsprechend."

„Ich habe etwas Neues ausprobiert. Es gibt doch dieses Buchungsportal, das Unterkünfte in Privatwohnungen vermittelt. Wir wohnen in der Kensington Church Street."

Es hatte aufgehört zu regnen, stellten sie fest, als sie nach draußen kamen. Aber es war immer noch trübe und feucht. Der kalte Wind ließ einen frösteln.

Nach wenigen Gehminuten hielt Ulla vor einem der prachtvollen viktorianischen Gebäude.

„Hier muss es sein", erklärte sie. „Die Frau heißt Parker. Da ist ja das Klingelschild." Ulla drückte den Knopf.

„Ja bitte?", meldete sich eine zerbrechliche Frauenstimme.

„Ulla Stein und Christoph Leyendecker."

„Ach ja. Ich erwarte Sie. Kommen Sie doch bitte herauf. Dritter Stock links. Es gibt leider keinen Aufzug."

„Drei Stockwerke werden wir auch so schaffen", meinte Leyendecker. „Dann wollen wir mal. Ich bin gespannt."

An der Wohnungstür wartete eine schlanke ältere Dame auf sie. Sie war etwa achtzig Jahre alt. Schien aber doch noch recht rüstig zu sein. Sie trug ein schickes graues Kostüm. Ihre weißen Haare hatten einen Stich ins Lila. Sie reichte zuerst Ulla und dann Leyendecker die Hand.

„Herzlich willkommen. Ich bin Daphne Parker. Ich zeige Ihnen Ihr Zimmer. Folgen Sie mir bitte."

Sie gingen durch einen Flur, von dem fünf Türen abgingen. Die letzte auf der rechten Seite öffnete sie und trat beiseite. „Treten Sie doch bitte ein."

Prachtvolle Möbel im viktorianischen Stil. Ein großer Kleiderschrank, zwei Betten, ein Schreibtisch aus Mahagoni und drei Stühle.

Sie öffnete eine Tür. „Dort ist Ihr Bad." Das Bad entsprach nicht der übrigen Einrichtung, denn es war hochmodern. „Nach dem Tod meines Mannes war die Wohnung zu groß für mich. Meine Enkelin hat mich auf die Idee gebracht, hier Gäste aufzunehmen. Sie erledigt den ganzen Papierkram für mich. Um genau zu sein, wird ja heute kein Papier mehr verwendet, es läuft ja alles elektronisch. Ich habe auch W-Lan einbauen lassen. Ich weiß allerdings nicht so genau, was das wirklich ist. Wie sie das handhaben können, geht aus der Anleitung hervor, die dort auf dem Schreibtisch liegt. Außerdem liegt dort auch ein Stadtplan, den Sie an sich nehmen können. Ich habe bisher mit meinen Gästen nur gute Erfahrungen gemacht. Ich bin sicher, das wird mit Ihnen nicht anders sein. Wenn Sie keine Fragen haben, lasse ich Sie erst einmal allein, damit Sie sich in Ruhe einrichten können.

Falls Sie noch etwas wünschen, klopfen Sie einfach da vorn an die erste Tür."

„Das sieht ja recht ansprechend aus", fand Leyendecker, als Mrs. Parker gegangen war. „Hast du mit Frühstück gebucht?"

„Es gibt hier einige Cafés in der Nähe. Da werden wir schon ein Frühstück bekommen."

Leyendecker öffnete den Kleiderschrank. „Da ist ja sogar ein Fernseher. Den hat man hier versteckt. Der hätte ja auch nicht zu der Einrichtung gepasst."

Was hast du für heute geplant?", erkundigte sich Ulla.

„Für heute nicht mehr viel. Ich glaube, ich versuche einmal, diesen John Walker zu erreichen und einen Termin auszumachen."

Nach kurzem Läuten war der Redakteur auch schon dran. „Frau Adler hat mir von Ihrem Anliegen berichtet", informierte er. „Das ist kein Problem. Wir sind gerne bereit, Ihnen behilflich zu sein. Das ist ja eine tolle Geschichte, die mir Frau Adler da erzählt hat. In einer kleinen Stadt in Deutschland soll eine Gitarre aufgetaucht sein, die angeblich von Dissy Watkins stammt. Die Gitarre soll dort von einer jungen Frau deponiert worden sein, die 1968 hier in London verstorben ist?"

„So sieht es zumindest aus. Wir würden gerne mehr über die Todesumstände der jungen Frau erfahren und hoffen, in Ihrem Archiv fündig zu werden. Möglicherweise ist die junge Frau einem Unfall oder einem Verbrechen zum Opfer gefallen. Wenn das der Fall wäre, könnte es doch möglich sein, dass in Ihrer Zeitung etwas erwähnt wurde."

„Ich würde mir da keine allzu großen Hoffnungen machen. Dies ist keine Kleinstadt irgendwo in Deutschland. Hier geschehen jeden Tag zahlreiche Unfälle oder Verbrechen. Aber Sie können es ja versuchen. Ich schlage vor, Sie melden sich morgen um zehn Uhr bei mir. Passt Ihnen das?"

„Das passt uns sehr gut. Ich bin mit einer Kollegin hier."

„Alles klar. Dann bis morgen um zehn. Sie wissen, wie Sie uns erreichen?"

„Ich glaube, wir werden Sie schon finden."

„Wir sind nicht zu verfehlen. Wir befinden uns in dem Hochhaus One Canada Square. Rufen Sie mich an, wenn Sie da sind. Ich komme dann nach unten und hole Sie ab."

„Vielen Dank, Herr Walker. Dann bis morgen."

„Das wäre erledigt", sagte Leyendecker zu Ulla. „Was machen wir jetzt? Willst du dich etwas ausruhen?"

„Ich bin nicht müde. Lass uns etwas nach draußen gehen. Ich möchte gern zum Hyde Park. Das Wetter ist zwar nicht ideal. Aber wer weiß, ob wir sonst noch dazu kommen. Kann ja sein, dass es in den nächsten Tagen in Strömen regnet. Der Wetterbericht prophezeit nichts Gutes."

„Einverstanden. Es ist ja nicht sehr weit."

Es war ungemütlich im Park. Die feuchte Kälte kroch einen an. Es regnete zwar nicht, aber Nebelschwaden trieben zwischen den hohen Laubbäumen. Für Leyendeckers Empfinden war der Hyde Park nicht viel anders als der Burggarten in Hachenburg, nur halt viel größer. London war ja auch viel größer als Hachenburg. Im Verhältnis stand der Burggarten dem Hyde Park nichts nach. Aber man musste anlässlich eines Besuchs in der britischen Hauptstadt nun einmal hier gewesen sein. Die wenigen Besucher verliefen sich in den Weiten des Parks. Das war wohl zum einen dem Wetter geschuldet, zum anderen ging die Touristensaison langsam zu Ende. Um diese Jahreszeit zog es die Touristen eher in südliche Gefilde wie Rom, Athen, Barcelona oder Lissabon.

Sie hatten sie vorher nicht bemerkt, obwohl sie als Polizisten ja über gute Instinkte verfügten. Wie aus dem Nichts waren sie auf einmal da. Sechs Halbwüchsige tauchten von allen Seiten auf und schlossen einen losen Kreis um Leyendecker und Ulla. Das hatte nichts Gutes zu bedeuten.

Einer von ihnen, ein pockennarbiges Bürschchen in einer zerrissenen Jeans und einer alten Lederjacke baute sich vor Leyendecker auf und sprach ihn an. Leyendecker verstand kein Wort. Ob das nun irgendein Akzent oder ein fürchterlicher Dialekt war, konnte er nicht erkennen.

Leyendecker zuckte mit den Schultern.

Das Bürschchen kramte in den Taschen, holte ein silbernes Zigarettenetui aus der Tasche, dem er eine Zigarette entnahm, und kam auf Leyendecker zu, wobei er ihn durch Zeichen aufforderte, ihm Feuer zu geben.

„Vorsicht", mahnte Ulla.

Ullas Warnung wäre nicht nötig gewesen, Leyendecker hatte längst gemerkt, was hier vor sich ging. „Ich rauche schon länger nicht mehr", sagte er kopfschüttelnd. „Du solltest das auch besser sein lassen."

Plötzlich hatte jeder der Kerle einen Gegenstand in der Hand. Der eine zückte einen Schlagring, der andere eine Kette oder einen Totschläger. Der Pockennarbige und zwei Weitere hielten Messer in den Händen.

„Schon gut". Leyendecker hielt ihm die offenen Handflächen entgegen. „Wir wollen keinen Ärger." Er schaute rüber zu Ulla. „Die wollen Geld. Von mir aus können die das haben. Wir haben ohnehin nicht viel gewechselt."

„Das hätten die wohl gern", erwiderte sie. In ihre Augen trat ein bedrohliches Funkeln. „Nicht mit mir!", rief sie den Burschen zu. Gleichzeitig hatte sie einen der Kerle am Handgelenk gepackt und ihm mit einem Ruck den Arm auf den Rücken gedreht, dass dieser vor Schmerz aufschrie. Das Messer entglitt seiner Hand und fiel auf den Boden.

Der mit der Kette wollte seinem Kumpan zu Hilfe kommen und sprang johlend auf Ulla zu.

Ein Tritt in den Unterleib stoppte ihn abrupt und ließ ihn stöhnend zusammensacken.

Der Arm des Pockennarbigen kam mit dem Messer auf Leyendecker zugeschossen.

Mit einer kaum wahrnehmbaren Meidbewegung wich Leyendecker aus, und der Stich ging ins Leere. Das Kerlchen spürte nicht einmal mehr, wie Leyendeckers Faust an seine Kinnlade krachte, und sank ohnmächtig auf den Boden.

„Das war doch gar nicht so schlecht. Wir beide können es noch," fand Leyendecker und grinste Ulla an.

Er machte einen Schritt auf die drei Verbliebenen zu. „Noch jemand ohne Fahrschein?"

Erschreckt wichen die drei zurück.

Da ertönte ein schriller Pfiff aus einer Trillerpfeife. Gleichzeitig hörten sie Getrampel von Pferdehufen. Zwei Uniformierte kamen mit ihren Rössern im gestreckten Galopp auf sie zu, wobei sie drohend ihre Schlagstöcke schwangen.

Die Jugendlichen, von denen sich zwei der am Boden Liegenden wieder aufgerappelt hatten, stoben in alle Richtungen davon. Lediglich derjenige, der von Leyendeckers Schwinger getroffen war, versuchte zunächst vergeblich, auf die Füße zu kommen.

Amüsiert sahen Ulla und Leyendecker zu, wie die beiden Polizisten ihre Angreifer hin und her trieben. Es waren sehr geschickte Reiter, so wie sie die Pferde um die Bäume lenkten. Gelegentlich wurde einer der jungen Burschen umgeritten. Er kam aber immer wieder schnell auf die Füße.

Grinsend beobachtete Leyendecker das Schauspiel. „Raue Sitten. Ob ich auch einmal beantrage, dass uns ein paar Pferde zugewiesen werden?"

„Kannst du dir Karlchen auf einem Pferd vorstellen? Das arme Tier."

„Berger auf einem schweren Kaltblut. Das wäre doch beeindruckend und würde jeden Randalierer einschüchtern."

Leyendeckers Angreifer hatte sich inzwischen aufgerappelt.

„Sollen wir ihn festhalten?", fragte Ulla.

„Was bringt das? Morgen ist er doch wieder auf freiem Fuß. Hau ab, bevor wir es uns anders überlegen!", herrschte er das Kerlchen an.

Der schien verstanden zu haben. Er sah sich noch einmal ängstlich nach den Reitern um und rannte so schnell er konnte davon.

Nach einiger Zeit kamen die beiden berittenen Polizisten zurück.

„Beeindruckend", fand Leyendecker. „Eine effektive Weise, um diesen Kerlen Herr zu werden."

„Da müssten wir wesentlich mehr sein, um denen Einhalt zu gebieten", erwiderte der eine der Polizisten. „Es ist kaum möglich, all diese Kerle zu vertreiben. Aber wo so viele Besucher sind, ist auch immer Geld zu holen. Diese Banden kommen regelmäßig aus dem East End hierher, um Touristen auszunehmen. Sie beide sind auch Touristen?"

„Doch ja, man kann sagen, dass wir als Touristen hier sind. Wir sind eben angekommen", erwiderte Ulla. „Ich hoffe nicht, dass Sie unsere begrenzte Zeit in Anspruch nehmen wollen und uns wegen einer Anzeige auf die Wache schleppen. Das bringt ja ohnehin nichts. Wenn Sie den Kerlen öfter mal den Hintern versohlen, ist das viel effektiver."

Der Polizist lächelte und legte seine Hand an die Kappe. „Ich wünsche Ihnen noch einen angenehmen Aufenthalt. Auch wenn der erste Eindruck von unserer Stadt wohl nicht der beste war."

„Und jetzt?", fragte Leyendecker.

„Ich möchte noch zu Speakers Corner."

„Es wäre auch schlimm, wenn wir ein Klischee auslassen würden."

„Glaubst du, in einen Pub gehen und große Pint zu trinken, wäre kein Klischee?"

In Speakers Corner stand tatsächlich ein altes Männchen in einem viel zu weiten grauen Anzug auf einer Obstkiste und verteidigte in einer flammenden Rede den Brexit. Ein kleines Häufchen versprengter Touristen stand dort und hörte dem Mann amüsiert zu.

„Ich könnte mir gut vorstellen, dass die Stadtverwaltung ihn bezahlt. Dieses Speakers Corner ist inzwischen doch nur noch eine Attraktion für die Touristen. Lass uns etwas essen gehen", schlug Leyendecker vor. „Ich habe langsam Hunger."

„Suchen wir uns einen Inder."

Das Hochhaus hatte beeindruckende fünfzig Stockwerke. Leyendecker glaubte, es aus verschiedenen englischen Krimis zu kennen. Er telefonierte, und kurze Zeit später kam ein mittelgroßer etwa vierzig Jahre alter Mann in einem weißen Hemd und Jeans auf sie zu.

Er reichte zuerst Ulla und dann Leyendecker die Hand. „Mein Name ist Walker. Sie müssen Frau Stein und Herr Leyendecker sein. Sehr erfreut, Sie kennenzulernen. Die Geschichte, in der Sie ermitteln, hat durchaus Potenzial. Man muss abwarten, wie sie sich entwickelt, vielleicht ist ja eine Story drin. Kommen Sie doch einfach mit. Es ist kein Problem, unsere alten Ausgaben einzusehen."

Sie fuhren mit Walker nach oben, der sie in ein Großraumbüro führte, in dem nur einige Schreibtische besetzt waren. „Wir haben keine festen Schreibtische", erläuterte er. Wir sind ja ohnehin die meiste Zeit unterwegs. Wenn wir hier zu tun haben, setzen wir uns an einen beliebigen Platz."

Er führte sie zu einem der Tische und zog zwei weitere Stühle herbei. Dann setzte er sich an einen Computer und loggte sich ein. „Alle unsere Ausgaben wurden inzwischen digital gespeichert. Es ist also kein Problem, sie von hier aus zu durchforsten. Um welche Ausgabe geht es Ihnen denn?"

„Das wissen wir auch nicht so genau. Die von uns gesuchte Person ist laut Urkunde am zehnten Dezember 1968 gestorben."

„Dann schlage ich vor, sie fangen mit dieser Ausgabe an. Scrollen Sie dann einfach immer weiter. Ich lasse Sie dann einmal allein. Ich habe noch an einem Artikel zu arbeiten. Ich bin da drüben. Wenn Sie noch etwas brauchen, rufen Sie mich einfach."

„Ich glaube, du setzt dich an den Computer", schlug Leyendecker vor. „Dein Englisch ist besser als meines. Ich kann dir ja über die Schulter sehen."

„Das könnte etwas für uns sein", erklärte Ulla bei einem kurzen Artikel der Ausgabe vom 12. Dezember. „Hier steht sinngemäß: Gestern fand die Polizei in einem Zimmer über einer Gaststätte im Stadtteil Hackney eine weibliche Tote. Aufgrund der vorgefundenen Papiere handelt es sich um eine Staatsangehörige der Bundesrepublik Deutschland. Nähere Angaben machte die Polizei nicht. Fremdverschulden wird nicht ausgeschlossen."

„Mehr steht da nicht." Leyendecker war enttäuscht. „Es könnte sich um Mona Seelbach handeln. Weiter hilft uns das aber nicht wirklich."

„Wir wissen jetzt, dass die Polizei tätig war. Vielleicht existieren bei der ja noch irgendwelche Unterlagen."

„Das ist fünfzig Jahre her. Ich glaube nicht, dass die all ihre Unterlagen digitalisiert haben. Glaubst du wirklich, die stöbern in uralten Akten, nur um uns einen Gefallen zu tun. Wir haben hier keinerlei Befugnis. Und wie sollten wir das alles begründen. Schließlich ist es doch nur ein Gefühl, dass das etwas mit unserem Mordfall zu tun haben könnte."

„Ich glaube, du hast recht. Ich sehe noch die folgenden Ausgaben durch, ob sich da vielleicht noch etwas findet."

Nach einer halben Stunde hielt Ulla inne. „Das ist zwecklos. Da kann irgendwann noch was folgen oder auch nicht."

Sie gab Walker ein Zeichen.

Der stand auf und kam zu ihnen herüber. „Sind Sie fündig geworden?"

„Nicht wirklich", erwiderte Ulla. „Lediglich diese kurze Notiz. Können Sie uns die ausdrucken."

„Selbstverständlich. Klicken Sie ganz einfach auf das Druckersymbol. Schade, dass wir Ihnen nicht mehr helfen konnten."

„Trotzdem, wir danken Ihnen für Ihre freundliche Unterstützung. Leyendecker wollte sich gerade verabschieden, da fiel ihm noch etwas ein. „Es gab doch sicher irgendwelche Unterlagen, beispielsweise Notizen der Reporter. Werden die irgendwo verwahrt?"

Walker überlegte einen Augenblick. „Tatsächlich werden außer den Artikeln noch Unterlagen archiviert. Aber die werden nach einer gewissen Zeit vernichtet. Ansonsten würde unser Archiv überquellen. Sehr wichtige Sachen werden auch digitalisiert, früher auf Mikrofilm gespeichert. Aber ich kann sagen, dass das hier nicht für wichtig erachtet wurde. Dafür ist der Artikel schon zu kurz.

Aber es gibt noch eine Möglichkeit. Ich sehe hier, dass der Artikel von Peter Chapman ist. Ganz erstaunlich, dass der damals schon beim *Mirror* war, da muss der noch sehr jung gewesen sein. Mister Chapman war später Chefredakteur bei uns und ist vor einigen Jahren in den Ruhestand gegangen. Er hat sich immer Notizen in braune Hefte gemacht. Er hat die sorgfältig verwahrt. Es waren eine ganze Menge. Soweit ich weiß, hat er die mit nach Hause genommen, als er in den Ruhestand ging. Ich glaube, er wollte später ein Buch schreiben."

„Ich wage gar nicht zu fragen, ob man einmal mit dem reden könnte."

„Es fiel Mr. Chapman damals sehr schwer, hier auszuscheiden. Aber ich glaube, er würde sich sogar freuen. Das wäre eher eine angenehme Abwechslung für ihn. Ich werde ihn gleich einmal anrufen. Warten Sie bitte hier."

Er ging davon, um nach einigen Minten zurückzukommen. „Ich hatte Glück und habe ihn erreicht. Er erwartet Sie. Er überreichte Leyendecker ein Blatt Papier. Ich habe Ihnen hier seine Adresse und Telefonnummer aufgeschrieben.

Wenn es Ihnen passt, können Sie gleich zu ihm fahren."

„Das passt uns gut. Haben Sie herzlichen Dank. Falls sich aus dieser Spur etwas Interessantes ergibt, werde ich es Frau Adler und Sie wissen lassen."

Leyendecker sah auf den Zettel. Zufälligerweise befand sich der Wohnort von Chapman auch in Kensington. „Das trifft sich ja gut, es ist auch in Kensington, da kann es ja nicht weit von unserer Unterkunft sein."

Lisa Stahl traute ihren Augen nicht. Sie hatte gerade Pausenaufsicht, als ein silberner Sportwagen mit dumpfem Röhren auf den Pausenhof fuhr. Einen Sportwagen dieser Marke fuhr James Bond in den meisten seiner Filme, nur dass es sich hier um eine neuere Ausgabe zu handeln schien. Auffallend war, dass das Steuer auf der falschen Seite war. War das nicht bei Bond genauso? Was bildete der Kerl sich ein? Das hier war doch kein Parkplatz.

Sie eilte auf den Wagen zu. „Sehen Sie denn nicht, dass es sich hier um einen Schulhof handelt? Machen Sie sich augenblicklich, dass Sie hier verschwinden!"

Die Tür des Autos ging auf. Das Männchen, das sich da hinter dem Steuer aus dem Schalensitz zwängte, wollte so gar nicht zu dem Wagen passen. Der Mann war höchstens eins fünfundsechzig groß, hatte einen voluminösen Bauch und eine Vollglatze. Er war schwer zu schätzen, aber er mochte wohl zwischen fünfundsiebzig und achtzig Jahre alt sein. Bekleidet war er mit einer braunen Cordhose und einem dunkelgrünen weiten Sakko aus grobem Tweed. Ohne sich zunächst um ihre Aufforderung zu kümmern, stieg er aus und reckte sich genüsslich. Dann sah er sie an. „Sie müssen Frau Stahl sein." Er sprach fließend deutsch. Aber es war ein leichter britischer Akzent zu hören. „Genauso hat Herr Kraft Sie beschrieben."

„Ganz egal, wie Herr Kraft mich beschrieben hat, hier können Sie nicht stehen bleiben."

Unbeirrt trat er auf sie zu und reichte ihr die Hand. „Gestatten Sie, dass ich mich vorstelle: Ich heiße Paul Richard."

„Schön für Sie, Herr Richard. Aber jetzt verlassen Sie mit Ihrem Wagen den Schulhof!"

Inzwischen waren die gesamten Schüler auf den Fremden aufmerksam geworden, und eine Traube von Jungen und Mädchen hatte sich um sie herum gebildet. Hauptsächlich die Jungs bewunderten das edle Gefährt. „So einen will ich später auch mal fahren", sagte einer.

„Geht mal alle da rüber", bat Lisa. „Der Herr möchte sein Auto wegfahren.

„Hat Ihnen Herr Kraft nicht gesagt, dass ich komme?"

Lisa Stahl griff in ihre Tasche. Sie zog ihr Handy heraus und schaltete es ein. Während des Unterrichts schaltete sie es immer aus. Tatsächlich zwei Anrufe von Oliver Kraft und einer unbekannten Nummer.

„Ich habe auch versucht, Sie anzurufen, als ich ankam", fuhr er fort. „Das Haus am Wald war verschlossen. Sie scheinen nicht zu wissen, wer ich bin?"

Lisa hatte zwar eine Vermutung, schüttelte aber trotzdem mit dem Kopf.

„Herr Kraft hat mich gebeten, die Echtheit der Gitarre zu beurteilen."

„Das ist sehr schön. Aber ich habe jetzt leider keine Zeit für Sie, Herr Richard. Die Pause ist zu Ende."

„Geht schon mal rein, Kinder", bat sie.

„Wann können wir uns treffen?"

„Die Schule ist 12.30 Uhr zu Ende. Warum kommen Sie nicht dann noch einmal, und wir besprechen alles? Aber parken Sie nicht wieder auf dem Schulhof. Ich komme vorne raus."


Peter Chapmans Wohnung war im fünften Stock eines prächtigen viktorianischen Gebäudes. Hier hatte man einen Aufzug eingebaut.

Der Hausherr kam ihnen entgegen, als sie den Aufzug verließen. Er war groß und schlank und hatte dunkle grau melierte Haare. Er trug einen blauen Kaschmirpulli und eine graue Wollhose. Hinter der Goldrandbrille sah man auffallend grüne Augen, die sie erwartungsvoll anblickten. „Frau Stein, Herr Leyendecker, kommen Sie doch bitte in unsere Wohnung."

Drinnen begrüßte sie eine sehr hübsche, etwa fünfundfünfzig Jahre alte Frau mit blonden Haaren in einem beigen Hausanzug. Chapman stellte die Frau als seine Ehefrau Mary vor. Er führte sie in ein modern eingerichtetes Arbeitszimmer, in dem auch ein Tisch mit sechs Stühlen stand. „Nehmen Sie doch Platz", forderte er sie auf. „Mary bringt uns gleich etwas Tee."

„Machen Sie sich bitte keine Umstände. Wir möchten uns zunächst herzlich bei Ihnen bedanken, dass Sie sich Zeit für uns genommen haben", begann Ulla.

„Nicht der Rede wert. Das mache ich doch gern. Es erinnert mich an die alten Zeiten. Herr Walker sprach vom Tod einer jungen Frau. Wann soll das genau gewesen sein?"

„Der Artikel war vom 12. Dezember 1968."

„1968, eine wilde Zeit war das. So jung müsste man nach mal sein. Und das Geld von heute", ergänzte er lachend. Chapman ging zu einem Schrank, dessen Türen er öffnete. Der Schrank stand voll mit braunen Heften. Es mochten über zweihundert sein. „Da haben wir es ja schon." Er nahm eins der Hefte aus dem Schrank und kam zurück zu ihnen an den Tisch.

Die Tür ging auf und Mrs. Chapman kam mit einem Tablett mit Teekanne, Tassen, Milchkännchen und Zuckerdose herein. Außerdem stellte Sie einen großen Teller mit allerlei Gebäck auf den Tisch. Sie schenkte den Tee aus. „Zucker und Milch nehmen Sie sich bitte selbst."

Er blätterte in dem Heft. „Hier steht es ja. Bedauerlicherweise kann ich Ihnen nicht viel dazu sagen. Ich habe da nicht selbst recherchiert. Es war eine Mitteilung der Polizei. Wissen Sie, es gab und gibt in einer Stadt wie London sehr viele Todesfälle wie diesen. Da lohnt es sich für unser Blatt nicht immer, dem näher nachzugehen. Wir suchen eher spektakuläre Fälle, die einem direkt ins Auge springen. Man konnte ja damals nicht ahnen, dass der möglicherweise in einem heutigen Kriminalfall, in dem es um eine Gitarre von Dissy Watkins geht, eine Rolle spielen könnte."

Schade, dachte Leyendecker. Hier waren sie also am Ende. Allzu viel hatte er sich ohnehin nicht von der Reise nach London versprochen. Es war halt nur ein Urlaubstrip.

„Es gibt ja wohl keinen der Beteiligten mehr, der sich noch erinnern kann. Dafür ist es zu lange her", bedauerte Ulla.

„Damals war der alte Jones, DCI Jones, von der Metropolitan Police zuständig. Der ist vor etwa zehn Jahren im hohen Alter von neunzig Jahren gestorben. Aber warten Sie, da ist ja noch John Harris, er war anfangs praktisch der Adjutant des alten Jones. Er kann damals höchstens Sergeant gewesen sein. Später hat er es ebenfalls bis zum DCI gebracht. Vielleicht hat er ja damals an dem Fall mitgearbeitet."

„Sie wissen nicht, wie man den irgendwie erreichen könnte?", erkundigte sich Ulla.

„Zufällig doch. Ich habe später sehr viel mit ihm zusammengearbeitet. Sein Aufstieg bei der Polizei verlief praktisch parallel zu meinem Aufstieg beim *Mirror*. Wir sind so etwas wie Freunde geworden. Und wir sind im gleichen Golfklub. Wir sind für morgen um eins zu einer Partie verabredet. Wir werden so gegen vier im Klubhaus sein. Ich schlage vor, Sie kommen dahin. Ich stelle Ihnen dann John vor. Vielleicht kann der Ihnen weiterhelfen."

„Das wäre großartig", freute sich Ulla. „Wir kommen. Sie müssen uns nur noch die Adresse des Golfklubs geben."

„Es ist das Central London Golf Centre. Nicht weit entfernt gibt es eine U-Bahn-Station."

Nachdem sie sich ausgiebig bei ihren Gastgebern bedankt und sich verabschiedet hatten, fragte Leyendecker. „Was wollen wir jetzt unternehmen?"

„Für den Rest des Tages und morgen Vormittag haben wir Freizeit. Auf ins Zentrum. Mal sehen, wie viel Sehenswürdigkeiten wir abhaken können."

## Kapitel 7

Der silberne Sportwagen stand vor der Schule, als Lisa aus dem Gebäude kam. Eine Horde staunender Schüler stand um ihn herum. Richard stieg aus und drängte sich durch die Menge. Er kam auf sie zu. „Da sind Sie ja, Frau Stahl. Ich hoffe, Sie haben jetzt etwas Zeit für mich. Als mich Herr Kraft erneut anrief, habe ich mich gleich in meinen Wagen gesetzt, bin dann auf die Fähre und zügig hierher gekommen. Leider habe ich Sie in dem Haus am Wald nicht angetroffen. Ihre Nachbarn sagten, Sie seien ein paar Tage weg. Ich könnte Sie aber wahrscheinlich in der Schule finden."

„Ganz recht", bestätigte sie. „Ich musste das Haus aus Sicherheitsgründen ein paar Tage verlassen. Entschuldigen Sie, wenn ich Sie etwas hart angegangen bin, aber Autos haben auf dem Schulhof nichts zu suchen."

„Schon gut, vergessen wir das. Ich habe Hunger. Ich habe heute lediglich ein belegtes Brötchen in einer Autobahnraststätte gegessen. Darf ich Sie zum Essen einladen? Dann können wir die weitere Vorgehensweise besprechen."

„Gerne. Nach dem Unterricht habe ich ebenfalls Hunger. Was schwebt Ihnen denn vor? Wir haben Italiener, Griechen, Mexikaner, Chinesen oder ein argentinisches Steakhaus. Aber auch einige Restaurants mit gutbürgerlicher Küche. Sie haben die Wahl."

„Wir haben in London die gesamte internationale Küche. Wenn ich im Ausland bin, bevorzuge ich die Küche der Einheimischen. Schweinebraten mit Knödeln und Kraut soll doch hier sehr beleibt sein."

„Ich glaube, das ist eher in Bayern der Fall. Ich wüsste nicht, wer den im Augenblick auf der Karte hat. Allenfalls das Brauhaus in Marienstatt."

„Gibt es den keine Westerwälder Spezialität? Wir sind doch hier im Westerwald?"

„Ganz recht. Sie sind hier im Westerwald. Es mag zwar einige Westerwälder Spezialitäten geben, aber so genau kenne ich mich da auch nicht aus. Im Moment fällt mir da nur Knickes ein."

„Knickes klingt gut. Ist das so etwas wie Haggis, der schottische Schafsmagen mit Innereien?"

Lisa lachte. „Ganz und gar nicht. Den würde hier wohl kaum jemand anrühren. Es sind im Wesentlichen geriebene Kartoffeln mit Zwiebeln, Speck oder Grieben, die in einem Bräter im Backofen zubereitet werden. So etwas steht auf keiner Karte. Die Zubereitung dauert einfach zu lang."

„Die Deutschen sollen doch mehrmals in der Woche Schnitzel essen. Wie wäre es denn damit?"

„Auch das ist wohl nur ein Vorurteil. Mehrmals die Woche Schnitzel essen nur die Wenigsten. Aber wenn Sie möchten. Es gibt ganz in der Nähe ein kleineres Gebäude auf dem Parkplatz eines Supermarktes, das nennt sich *Schnitzelhaus*."

„Worauf warten wir. Kommen Sie, steigen Sie ein."

„Das lohnt nicht. Es sind nur wenige Schritte. Parken Sie den Wagen hier drüben auf dem kleinen Parkplatz. Wir gehen zu Fuß."

Das *Schnitzelhaus* war gut besucht. Aber sie fanden zwei freie Plätze. Richard orderte für sich ein Bier und ein Wasser für Lisa. „Was möchten Sie essen?"

„Mir genügt ein einfaches Schnitzel Wiener Art."

„Dieses Jägerschnitzel, ist das vom Wild, Reh oder Hirsch?"

„Nein nein, es ist ein Schweineschnitzel mit einer Pilzsoße."

„Ich glaube, das versuche ich." Er winkte die Wirtin herbei und orderte das Essen. „Mit viel Fritten", fügte er hinzu. „Und bringen Sie mir bitte noch ein Bier."

Das Essen schmeckte, und Richard wischte sich genüsslich den Mund ab. Er bestellte für Lisa einen Kaffee und für sich ein weiteres Bier. „Lassen Sie uns nun darüber sprechen, wofür Sie mich hergebeten haben."

„Herr Kraft hat Sie als absoluten Experten für Dissy Watkins bezeichnet, und als solcher werden Sie doch auch an dem Fund einer seiner Gitarren interessiert sein."

„Es ist immer schwer, die Echtheit eines solchen Instrumentes nachzuweisen. Schließlich ist das Instrument an sich noch kein Unikat. Die Fender Stratocaster wurde und wird von vielen Gitarristen benutzt. Herr Kraft hat mir Kopien der Aufzeichnungen dieser Frau zur Verfügung gestellt. Eins kann ich schon einmal bestätigen. Es hat wohl den Auftritt gegeben, der dort beschrieben wird. Und es hat dabei auch ein Feuer gegeben. Das ist kaum bekannt, weil es tatsächlich nur eine Art öffentlicher Probe war. Das hat die Schreiberin schon richtig beschrieben. Ich weiß nicht, ob Herr Kraft Ihnen gesagt hat, dass ich der Manager von Dissy Watkins war?"

„Das hat er", bestätigte sie.

„Damals war ich das noch nicht, aber Dissy hat mir erzählt, dass es einen solchen Auftritt gab."

„Das ist doch schon einmal positiv."

„An und für sich schon, aber das beweist leider noch gar nichts. Die Story könnte jemand erfunden haben, der von dem Auftritt gewusst hat. Auch das mit dem Feuer ist leider kein Beweis. Man müsste einen Zeugen auftreiben, der bestätigen kann, dass Watkins diese Gitarre an die Schreiberin ausgehändigt hat. Aber wer sollte das sein? Eigentlich könnte das doch nur Watkins bestätigen, und der ist, wie wir alle wissen, seit vielen Jahren tot. Oder die Person, die die Zeilen geschrieben hat. Aber auch das wäre kein wirklicher Beweis, da gerade sie die Gitarre gefälscht und die Tagebücher entsprechend angepasst haben könnte. Ist man denn auf der Suche nach dieser Person irgendwie weiter gekommen?"

„Die Polizei glaubt, dass es sich dabei um eine Tante von mir handelt, von deren Existenz ich bisher keine Ahnung hatte."

„Haben Sie sich mit ihr in Verbindung gesetzt?"

„Das ist leider nicht möglich. Sie ist 1968 verstorben."

„Noch vor Watkins. Das ist natürlich blöd. Ehrlich gesagt, schwinden Ihre Chancen, die Authentizität des Instruments zu beweisen."

Lisa Stahl nickte niedergeschlagen. Eigentlich hatte sie ja nichts anderes mehr erwartet, nachdem mit großer Wahrscheinlichkeit feststand, dass Mona Seelbach die Schreiberin war.

„Werfen Sie die Flinte nicht zu früh ins Korn, lautet nicht so ein deutsches Sprichwort."

Lisa nickte erneut.

Da ging die Tür auf und Lars Höbel betrat den Raum. Sie winkte ihm, und er kam an ihren Tisch.

„Darf ich Ihnen Herrn Richard, den ehemaligen Manager von Dissy Watkins vorstellen. Herr Richard, Herr Höbel von der Polizei."

Richard reichte Höbel die Hand. „Erfreut, Sie kennenzulernen, Herr Höbel. Setzen Sie sich doch zu uns."

„Die Freude ist ganz meinerseits", erwiderte Lars. „Wenn ich nicht störe, setze ich mich gern zu Ihnen."

„Sie stören nicht, Herr Höbel", beeilte sich Lisa Stahl zu versichern.

Höbel zog sich einen freien Stuhl heran und setzte sich zu den beiden. Die Bedienung eilte sofort herbei, um sich nach seinen Wünschen zu erkundigen. Er orderte ein Rahmschnitzel mit Brot.

„Wo waren wir stehen geblieben", erkundigte sich Richard.

„Sie sagten, ich solle die Flinte nicht zu früh ins Korn werfen. Wie haben Sie das gemeint? Herr Richard hat mir wenig Hoffnung gemacht, dass ich die Herkunft der Gitarre nachweisen kann", erklärte sie Höbel.

„Ganz hoffnungslos ist das natürlich nicht", antwortete der kleine Engländer. „Es gibt noch eine letzte Möglichkeit. Es soll ja Aufnahmen von diesem Konzert geben. Vielleicht kann man da ja eine Besonderheit an der Gitarre erkennen, die auch an der gefundenen zu sehen ist. Aber abgesehen davon sind diese Aufnahmen die eigentliche Sensation. Wenn das wirklich Aufnahmen von diesem Konzert sind, haben wir es mit der Aufzeichnung des ersten öffentlichen Auftritts von *The Dissy-Watkins-Project* zu tun.

Und was viel bedeutender ist, der ersten Aufführung von *Dark Birds*, womit Watkins erst Weltruhm erlangte. Das wird für die einschlägigen Medien von überaus großer Bedeutung sein. Ganz abgesehen davon, dass ich gar nicht abschätzen kann, was ein Sammler hierfür zahlen würde."

„Das ist ja sehr erfreulich. Soweit habe ich überhaupt nicht gedacht."

„Auch hier muss ich wieder auf die Euphoriebremse treten. Wie zumeist gibt es auch hier einen Haken."

„Was sollte denn da für ein Haken sein."

„Dieser Haken wäre dann wohl ich."

Lisa Stahl sah ihn verständnislos an. „Sie?"

„Ganz recht", bestätigte er. „Ich bin der Inhaber aller Rechte an den Songs von Watkins, und *Dark Birds* gehört natürlich dazu."

Vor Überraschung hatte es Lisa Stahl die Sprache verschlagen.

„Mal langsam", schaltete sich Höbel ein. „Sie mögen zwar der Inhaber der Rechte an dem Song sein. Aber keinesfalls sind Sie Inhaber der Rechte an dem Film und der Bandaufnahme. Sie mögen für die öffentliche Aufführung Tantiemen kassieren, aber dann hat es sich auch."

„Mit solchen Sachen habe ich mich nie selbst befasst. Das mögen meine Anwälte klären. Aber ich bin mir sicher, dass wir uns da einig werden, Frau Stahl. Zuerst müsste ich den Film einmal sehen und das dazugehörige Band hören. Dann werden wir weiter sehen. Ist das möglich? Würden Sie mir die Sachen aushändigen?"

„Derzeit leider nicht, ich habe den Film zum Digitalisieren gegeben und Auftrag erteilt, einige Vervielfältigungen zu erstellen. Genauso ist es mit dem Band. Die Sachen können ja zu leicht beschädigt werden."

„Da haben Sie völlig recht. Aber ich warne davor, die Sachen in irgendeiner Form zu verbreiten. Geben Sie nichts davon aus der Hand. Es wäre zu schade, wenn sie verbreitet würden. Und das geht heute im Internet ruckzuck. Hierdurch würde der Wert sehr beeinträchtigt. Wenn Sie Film und Band wieder in Händen halten, sollten wir uns umgehend wieder zusammensetzen."

„Sie sollten vorher unbedingt mit einem Anwalt reden", schlug Höbel vor. „Ah, da kommt ja mein Schnitzel."


„Ich kann mir nicht vorstellen, dass die bei diesem Wetter Golf spielen", sagte Ulla. Sie saßen im Klubhaus des Central London Golfclubs. Draußen war es neblig trüb, und immer wieder setzte Regen ein.

„Unterschätze die Engländer nicht", antwortete Leyendecker. „Wenn es um Golf geht, ist denen das Wetter weitgehend egal. Da sind die hart im Nehmen. Hast du gesehen, hier kann man sich die Ausrüstung auch leihen. Da hättest du doch auch eine Runde spielen können. Du warst doch gar nicht so schlecht."

„Das ist lange vorbei, und bei diesem Wetter hätte das ohnehin keinen Spaß gemacht. Mir ist sogar hier drinnen zu kalt. Bestell uns lieber noch zwei Kaffee."

„Möchtest du auch einen Schnaps dazu? Du musst ja kein Auto mehr fahren."

„Nicht um diese Uhrzeit. Ich glaube, da vorne kommen sie."

Durch die beschlagene Fensterscheibe konnten sie vage einen großen schlanken Mann erkennen, der von einem kleinen bulligen begleitet wurde. Kurz darauf betraten die beiden den Gastraum.

Chapmans Begleiter hatte kurz geschorene weiße Haare, das gerötete Gesicht und die rote Nase waren möglicherweise dem Wetter geschuldet. Es konnte aber auch darauf hinweisen, dass er zu Bluthochdruck neigte, oder dass er dem einen oder anderen Getränk nicht abgeneigt war. Auffallend an ihm war, dass er trotz des relativ hohen Alters, er war wohl in etwa so alt wie Chapman, muskulös und durchtrainiert wirkte

Beide schüttelten ihre Regenjacken aus und hingen sie an die Garderobe. Danach holte jeder ein Tuch hervor und putzte sich die Brille. Erst dann sah Chapman zu Ulla und Leyendecker herüber. Zum Zeichen des Erkennens winkte er ihnen kurz zu. Daraufhin sprach er einige Worte mit seinem Begleiter, und die beiden kamen, die Golfcabs hinter sich herziehend, auf sie zu.

Leyendecker und Ulla erhoben sich und gingen ihnen ein paar Schritte entgegen.

„Darf ich vorstellen", sagte Chapman, „DCI John Harris, Frau Stein und Herr Leyendecker von der Polizei in Deutschland."

„Lass den DCI mal stecken, das war ich mal." Harris winkte ab.

Er reichte Ulla und Leyendecker die Hand, ein ungewöhnlich fester Händedruck, und sah sie aus wachen hellblauen Augen an. „Ich freue mich, Sie kennenzulernen, Frau Stein, Herr Leyendecker. Peter hat mir von Ihrem Anliegen berichtet. Aber wollen wir uns nicht zuerst hinsetzen?"

„Leyendecker deutete auf die zwei freien Stühle an ihrem Tisch. „Darf ich Ihnen etwas bestellen?", erkundigte er sich, nachdem die beiden sich gesetzt hatten.

„Ein heißer Kaffee wäre jetzt angenehm", antwortete Chapman.

„Und ein Glas Gin", ergänzte Harris.

Leyendecker orderte das Gewünschte und wartete, bis die Bedienung die Sachen gebracht hatte.

„Auf Ihr Wohl." Harris trank den Gin in einem Zug leer und atmete deutlich aus. „Den konnte ich jetzt gut gebrauchen. Aber man ist ja selbst schuld, wenn man bei diesem Wetter über den Golfplatz rennt. Wenn Ihnen mal jemand erzählt, dass man mit dem Alter vernünftiger würde, glauben Sie dem nicht. Wie ich schon sagte, hat mir Peter bereits von Ihrem Anliegen berichtet. Aber vielleicht fassen Sie es noch einmal kurz zusammen."

„Das wollen wir gerne tun", ergriff Ulla das Wort, die merkte, dass Leyendecker sich etwas schwer mit der Sprache tat. Leyendecker sprach zwar recht gut Englisch. Aber da er es nur noch selten gebrauchte, war es etwas eingerostet, und die Worte kamen nicht so automatisch aus seinem Mund. Man merkte ihm an, dass er im Geist die Sätze vorformulierte. „Um es kurz zu sagen, wir haben bei uns in Hachenburg, das wird Ihnen nichts sagen, stellen Sie sich eine Verbindungslinie von Köln nach Frankfurt vor, etwa in der Mitte dieser Linie liegt Hachenburg, einen Mordfall. Eine junge Frau wurde entführt und getötet. Wir glauben, dass dieser Mordfall in Zusammenhang mit dem Fund einer Gitarre steht, die Dissy Watkins zugeschrieben wird. Die Hauseigentümerin und Mitbewohnerin der Getöteten hat sie auf dem Dachboden gefunden. Unsere weitere Annahme ist, dass die Tante dieser Hauseigentümerin das Instrument dort deponiert hat. Diese Tante, sie hieß Monika Seelbach, ist bereits 1968 hier in London verstorben. Da diese Tante damals noch sehr jung war, haben wir vermutet, dass es vielleicht kein natürlicher Tod war."

„Etwas viel Annahmen und Vermutungen", fand Harris. „Es wundert mich nicht, dass Sie auch nicht den offiziellen Dienstweg gegangen sind."

„Ganz recht", bestätigte Leyendecker. „Ihre Kollegen hätten uns ausgelacht, wenn wir aufgrund vager Annahmen und Vermutungen einen uralten Fall hätten aufrollen wollen. Wir sind als Privatpersonen hier und offiziell auf Urlaubsreise. Mr. Chapmans Kollegen waren so freundlich, in ihrem Archiv nachzusehen. Aber da war nur ein kurzer Artikel, der weiter keine Informationen enthielt. So hat man uns dann an Herrn Chapman verwiesen, dessen Aufzeichnungen auch nur hergeben, dass es sich um eine Meldung der Metropolitan Police gehandelt hätte."

„Und da komme ich ins Spiel", sagte Harris. „Sie haben Glück. Ich erinnere mich tatsächlich noch ziemlich genau an den Fall. Das war mein erster Mord. Ich war damals noch ein blutjunger Sergeant und dem alten Jones gerade mal einen Monat zugeteilt. Die Uniformierten riefen uns ins Londoner East End, den Stadtteil Hackney. Heute sind ja weite Teile des East Ends stark im Kommen. Aber damals war alles noch ziemlich trostlos. Wir wurden zu einem alten verkommenen mehrstöckigen Gebäude gerufen. Im Erdgeschoss befand sich so eine richtig düstere Kaschemme. Im Obergeschoss vermietete der Wirt Appartements, so nannte er das wenigstens, tatsächlich waren es abgewohnte Zimmer, die gerade einmal ein Waschbecken mit fließendem Wasser hatten. Die Gemeinschaftstoilette war auf dem Flur. In einem dieser Zimmer hatte man eine tote junge Frau gefunden. Sie lag auf dem

Bett. Sie war hellblond und auffallend hübsch. Sie hatte Würgemale am Hals und war höchstens einige Stunden tot. Das Zimmer war durchwühlt worden. Was der- oder diejenigen gesucht hatten, konnte nicht geklärt werden. Wir haben Ausweispapiere gefunden, aus denen hervorging, dass es sich um eine deutsche Staatsangehörige handelte. Wir haben sämtliche Bewohner des Hauses befragt, stießen aber auf eine Mauer des Schweigens. Ich will nicht sagen, dass einer der Bewohner etwas mit dem Mord zu tun hatte. Aber irgendwie Dreck am Stecken hatten wohl alle. Sie können sich vorstellen, dass sich die Unterstützung der Polizei in diesen Kreisen in Grenzen hielt. Wir haben sogar einen Aushang in der Kneipe gemacht, mit dem wir nach Zeugen suchten. Nichts. Wenn jemand etwas gewusst hat, hat er es uns jedenfalls nicht verraten. Unten in dem Flur, wo sich auch der Eingang zu der Kneipe befand, herrschte ein reges Kommen und Gehen. Da fiel niemand besonders auf, wenn er das Haus betrat. Es wäre wohl auch niemand aufgefallen, der die Treppe hochging. Man hatte die junge Frau hier und da im Treppenhaus getroffen, aber kaum ein Wort mit ihr gesprochen. Man sagte, sie sei sehr zurückhaltend gewesen. Die Miete hatte der Wirt immer einen Monat im Voraus kassiert. Sie hatte angeblich immer pünktlich gezahlt. Viel mehr haben wir nicht in Erfahrung bringen können. Mit den heutigen Mitteln der Spurensicherung hätte man mögli-

cherweise mehr herausgefunden. Bedauerlicherweise ein weiterer ungeklärter Fall. Obwohl der
alte Jones eine herausragende Statistik hatte. Ich
glaube, der Fall hat ihn bis zur Pensionierung
und darüber hinaus gewurmt." Der ehemalige
Polizist schwieg und zuckte bedauernd mit den
Achseln.

Half das ihnen nun bei dem Fall weiter? Hatten diese Auskünfte die Fahrt nach London gerechtfertigt? Leyendecker hatte so seine Zweifel.
Eigentlich war er sich sicher, dass es sich bei der
Toten um Monika Seelbach handelte. Sie war
eines gewaltsamen Todes gestorben. Aber warum? Und wo war die Verbindung zu ihrem Fall.
Die Gitarre hatte sie ja schon mehr als zwei Jahre
vor ihrem Tod in ihrem Besitz. Und sie musste in
der Zwischenzeit noch einmal in Hachenburg
gewesen sein. Wie sollten die Sachen sonst auf
den Dachboden gekommen sein. „Hat man in
dem Zimmer eine Gitarre gefunden?", hörte er
vorsichtshalber nach.

„Da war keine Gitarre."

„Wer hat die junge Frau denn gefunden?",
erkundigte sich Ulla.

„Als das Kind nicht aufhörte zu schreien, hat
man die Kollegen gerufen. Die haben dann die
Tür aufgebrochen."

„Welches Kind?", fragten Ulla und Leyendecker unisono.

„Sagte ich das nicht? Verzeihen Sie. Ich glaube, ich werde alt und senil. Da war ein Klein-

kind. So etwa ein bis eineinhalb Jahre alt. Als wir eintrafen, war es nicht mehr in dem Zimmer. Man hatte es in die Gaststube gebracht, wo sich einige der finsteren Gestalten rührend um das Kind kümmerten."

„Was wurde aus dem Kind?", fragte Ulla.

„Das war damals nicht anders als heute. Wir haben das Jugendamt verständigt und denen das Kind übergeben. Was hätten wir sonst tun sollen? Noch etwas war auffällig. Die Tote war ja blond und hellhäutig. Das Kind hatte eine dunkle Hautfarbe."

„Hat man Angehörige der Toten ermittelt?", fragte Leyendecker.

„Aufgrund der Ausweispapiere war das ja kein Problem. Jones hat sich wohl mit den Eltern in Verbindung gesetzt."

„Hat er denen gegenüber das Kind erwähnt?"

„Das weiß ich nicht. Ich gehe aber stark davon aus. Es liegt ja doch nahe, dass die Ermordete die Mutter des Kindes war. Und dann wären ihre Eltern ja die Großeltern. Vermutlich hat er die an das Jugendamt verwiesen."

„Und später haben sich keine weiteren Ermittlungsansätze mehr ergeben."

Harris schüttelte den Kopf. „Wie ich schon sagte, es war einer der wenigen ungeklärten Mordfälle das alten Jones. Und das hat ihn immer gefuchst. Von Zeit zu Zeit hat er sich den Fall wieder einmal vorgenommen. Aber wir haben keine weiteren Anhaltspunkte gefunden. Wir hatten immer die Hoffnung, dass sich noch Zeugen melden. Aber leider war das nicht der Fall. Es kann alles Mögliche gewesen sein. Vielleicht ging es um Eifersucht. Sie war ja auffallend schön. Raubmord war es sicher nicht. Wenn sie etwas gehabt hätte, das sich zu rauben gelohnt hätte, wäre sie wohl kaum mit dem Kind in dieser Umgebung geblieben."

„Konnten Sie denn für Ihren Fall irgendwelche Erkenntnisse gewinnen?", erkundigte sich Chapman. Er hatte die ganze Zeit zugehört und sich einige Notizen gemacht."

„Das weiß man nie so genau", erwiderte Leyendecker. „Jedenfalls haben wir nichts erfahren, das uns unmittelbar weiter bringt. Darf ich Ihnen noch etwas bestellen?"

„Ich würde noch einen Absacker trinken", antwortete Harris. „Aber der geht auf mich."

Nachdem sie den Gin getrunken hatten, Ulla hatte sich dabei heftig geschüttelt, verabschiedeten sich Harris und Chapman dann bald. Leyendecker musste ihnen versprechen, sie auf dem Laufenden zu halten.

Als die beiden gegangen waren, rührte Leyendecker gedankenverloren in seinem kalten Kaffee.

„Denkst du das Gleiche wie ich?", fragte Ulla.

„Ich glaube schon", erwiderte Leyendecker. „Das Kind war Lisa Stahls Mutter. Sie ist die Adoptivtochter der Seelbachs und gleichzeitig ihre leibliche Enkelin. Eine tolle Geschichte.

Aber was hilft uns diese Erkenntnis? Und wo ist die Verbindung zu unserem Fall?"

„Wäre das nicht eine fantastische Story für deine Frau Adler?"

„Sie ist nicht meine Frau Adler. Aber eine Story wäre das zweifellos. Aber zunächst müssen wir mit Lisa Stahl reden. Was machen wir den nun mit dem angebrochenen Tag? Wir haben ja noch etwas Zeit bis unser Flieger geht."

„Ich will mit dem London Eye fahren."

„Kommt nicht infrage. Es ist windig. Das ist mir viel zu wackelig."

„Du bist ein Feigling. Du kannst ja unten warten."

# Kapitel 8

„Ich dachte, Lisa Stahl sei ein paar Tage zu einer Freundin gezogen. Seltsam", sagte Starck.

„Das ist sie nach meinem Kenntnisstand auch. Warum fragst du?", antwortete Berger.

„Als wir eben da vorbeifuhren, war mir, als hätte ich einen bläulichen Schimmer gesehen. So wie der von einem Fernseher."

„Mir ist nichts aufgefallen. Aber ich habe auch mehr auf die Straße geachtet. Ich wende da vorne im Waldweg. Wir fahren einmal zurück und sehen uns das an. Ich halte hier oben an der Steinebacher Straße. Wir gehen den Seitenweg zu Fuß. Wenn da etwas ist, wollen wir zunächst keine Aufmerksamkeit erregen."

Sie nahmen zwei Stablampen mit und näherten sich vorsichtig dem Haus am Waldrand.

„Du hattest recht", bestätigte Berger. „Da läuft ohne Zweifel ein Fernseher."

„Ob sie doch zurückgekommen ist?"

„Kann schon sein. Vielleicht hat sie sich mit ihrer Kollegin verkracht und wusste nicht, wohin sie sonst gehen sollte. Da ist sie in ihr Haus zurück. Wo sollte sie sonst hin? Das wäre allerdings mutig von der jungen Frau. Aber so wie wir sie bisher kennengelernt haben, ist sie nicht gerade ein Feigling."

„Was machen wir?"

„Wir können das nicht so einfach auf sich beruhen lassen."

„Lass uns doch einfach schellen. Dann werden wir ja sehen."

„Wenn es aber nicht Lisa Stahl ist, sondern irgendwelche Eindringlinge, machen wir die nur auf uns aufmerksam. Wir sehen uns mal ein bisschen um."

Vorsichtig umrundeten sie das Gebäude.

„Da steht eine Leiter", stellte Starck an der Rückseite des Gebäudes fest.

„Sie führt hoch zum Fenster. Das Fenster ist offen. Ich schau mir das mal an."

„Glaubst du, die Leiter hält dich aus?"

„Rede nicht so einen Blödsinn." Vorsichtig stieg Berger die Leiter hoch, um nach kurzer Zeit wieder nach unten zu kommen. „Das Fenster wurde aufgehebelt", flüsterte er.

„Also doch Einbrecher. Und die sehen seelenruhig fern. Was sind das denn für verrückte Typen?"

„Wer weiß. Vielleicht irgendein Ablenkungsmanöver."

„Was machen wir? Fordern wir Verstärkung an?"

„Wir sollten wegen ein paar Einbrechern nicht das große Rad drehen. Mit denen werden wir schon fertig. Wir sehen mal nach."

Berger stieg erneut die Leiter hoch, um oben zum Fenster einzusteigen. Er sah sich kurz um.

Hier war nichts auffällig. Er winkte Starck, dass er ihm folgen sollte.

„Ich glaube, ich höre irgendwelche Stimmen", erklärte Starck, als er oben angekommen war.

„Das wird der Fernseher sein. Komm weiter." Sie öffneten die Tür, die in den Flur führte. Hier waren die Stimmen etwas lauter.

„Es ist der Fernseher", flüsterte Berger.

Sie schlichen weiter bis zur Wohnzimmertür, an der sie lauschten.

„Da läuft der Fernseher. Aber da sind noch andere seltsame Geräusche, die ich nicht identifizieren kann."

„Wir gehen da rein." Berger entsicherte seine Pistole. „Du sicherst mich."

Starck nickte.

Berger zählte lautlos bis drei. Dann stieß er die Tür auf und stürmte ins Wohnzimmer. „Hier ist die Polizei! Nehmen Sie sofort Ihre Hände hoch."

Starck stand mit gehobener Pistole im Türrahmen.

Berger fing laut an zu lachen und steckte die Pistole weg. Starck stimmte mit ein. Die beiden schüttelten sich vor Lachen. „Sieh dir die beiden Taugenichtse an", prustete Berger.

Auf dem Sofa saßen Siggi und Fred. Sie schnarchten unverdrossen. Das waren die Geräusche, die Starck eben nicht identifizieren konnte. Bisher hatten sie nichts von den beiden Polizisten mitbekommen. In der Ecke standen zwei gefüllte Rucksäcke. Auf dem Tisch sahen sie zwei zu drei Vierteln geleerte Schnapsflaschen.

„Sie wollten die Abwesenheit der Hausherrin nutzen, um sich hier zu bedienen. Dabei sind sie unglücklicherweise auf die Hausbar gestoßen. Die ist ihnen dann zum Verhängnis geworden. Die zwei sind aber auch zu blöd." Berger schüttelte den Kopf.

„Was machen wir jetzt mit den beiden Experten?"

„Diesmal sind sie zu weit gegangen. Sie genießen ja weitgehend Narrenfreiheit. Aber mit Einbruchdiebstahl kommen sie dann doch nicht durch."

„Du hast recht. Schaffen wir sie zur Dienststelle."

Berger musterte die Kerle. „Leichter gesagt als getan. Die Haustür ist abgeschlossen. Und in dem Zustand schaffen die es nie und nimmer die Leiter runter."

„Am besten würden wir sie aus dem Fenster werfen. Man behauptet doch immer, dass Besoffenen und kleinen Kindern nichts passieren würde."

„Ich rufe die Kollegen an. Sie sollen bei Lisa Stahl den Haustürschlüssel abholen und hierher kommen."

„So viele sind ja nun auch nicht bei der Nachtschicht. Sollten wir nicht Höbel anrufen. Der Chef und Frau Stein sind ja in England. Und das hier wird ihn doch auch interessieren."

„Gute Idee. Es macht ihm sicher nichts aus, den Schlüssel abzuholen. Außerdem muss ja jemand die junge Frau informieren."

Der Kollege von der Kripo Koblenz war sofort am Handy. Er war gerne bereit, sich mit Lisa Stahl in Verbindung zu setzen und bei ihr den Schlüssel abzuholen.

„Dann wollen wir mal sehen, dass wir die zwei wach bekommen", sagte Berger und ging in die Küche, um kurz darauf mit zwei gefüllten Wassergläsern zurückzukommen, die er über den beiden ausleerte.

Siggi ließ nur ein leises Grunzen und Brummen vernehmen, bevor das Schnarchen wieder einsetzte.

Fred hingegen riss erschrocken die Augen auf. Als er den mächtigen Unformierten vor sich sah, fing er an, wie am Spieß zu schreien.

„Die Polizei ist für den ein Albtraum", fand Starck.

„Berger schlug ihn locker auf die Wange. „Nun beruhige dich mal. Dein Freund und Helfer ist da."

„Halt die Klappe", knurrte Siggi, der vom Geschrei seines Kumpanen langsam aufwachte. „Um Himmels Willen!", rief er, als er die Augen aufschlug und die beiden Unformierten vor sich sah. Mit einer Geschwindigkeit, die niemand ihm zugetraut hätte, sprang er auf und versuchte davonzurennen.

Starck stelle nur den Fuß vor.

Siggi kam ins Stolpern und schlug nach zwei wackeligen Schritten in voller Körperlänge auf den Fußboden. „Das ist Folter", beschwerte er sich. „Das verstößt gegen die Genfer Konventionen."

„Du kannst ja Klage beim Internationalen Gerichtshof erheben", erklärte Starck.

„Leg ihm mal Handschellen an", meinte Berger, „damit er nicht noch weiteren Blödsinn macht."

„Ich weiß gar nicht, was ihr von uns wollt", erklärte Bert, der inzwischen seinen Schreikrampf überwunden hatte. „Wir haben doch nichts gemacht."

„Ich nehme mal an, die Hauseigentümerin hat euch eingeladen."

„Das Fenster stand offen. Das ist doch wie eine Einladung", rechtfertigte sich Fred.

„Und den Schnaps hat sie auch für euch bereitgestellt."

„Ach das. Deshalb wollt ihr uns doch keinen Strick drehen. Das ist doch lediglich Mundraub. Das darf man."

„Und da in den Rucksäcken sind belegte Brote."

„Red nicht weiter mit denen" fauchte Siggi. „Das sind doch nur Domestiken. Wir wollen sofort Leyendecker sprechen. Dem haben wir so oft geholfen. Der muss uns einfach dankbar sein und lässt uns auf der Stelle wieder laufen. Das ist er uns mindestens schuldig."

„Ich glaube, da habt ihr Pech. Der ist nicht da. Aber ihr könnt bis zu seiner Rückkehr gerne unsere Gäste sein. Er müsste im Laufe des nächsten Tages wiederkommen und wird sich vermutlich freuen, euch zu sehen."

Kurze Zeit darauf traf Höbel mit Lisa Stahl ein. Sie nahm das alles sehr gefasst und hatte lediglich ein Köpfschütteln für die beiden Gauner. „Ich bleibe hier und rufe morgen früh gleich den Schreiner an, damit er wenigstens notdürftig das Fenster schließt."

Dem widersprach Höbel vehement. Schließlich einigten sie sich darauf, dass Höbel den Rest der Nacht ebenfalls hier verbrachte.

„Gut, dass Sie kommen, Chef. Die beiden randalieren schon seit dem frühen Morgen." So empfing man Leyendecker, als er zusammen mit Ulla die Dienststelle betrat.

„Unser Flug von London ging ohnehin recht spät. Köln hat ja kein Nachtflugverbot. Dann hatte das Flugzeug auch noch Verspätung. Wir hatten noch Glück, dass wir den letzten Zug nach Au gerade noch erwischt haben. Dort stand unser Auto. Ein paar Stunden Schlaf werdet ihr uns doch gönnen."

„So war das nicht gemeint. Selbstverständlich gönnen wir Ihnen den Schlaf. Es ist nur so, dass die beiden einem tierisch auf den Geist gehen."

„Um wen geht es denn? Halt, warten Sie. Lassen Sie mich raten. Es sind zwei. Das können eigentlich nur Siggi und Fred sein. Habe ich recht?"

„Sie haben recht wie immer."

„Was haben die beiden denn nun schon wieder angestellt?"

„So genau weiß ich das auch nicht. Ich war ja noch nicht da. Berger und Starck haben sie heute Nacht eingeliefert. Das Protokoll ist diktiert, aber noch nicht geschrieben. Soll ich die beiden herbestellen? Wenn ich das recht verstanden habe, war auch Herr Höbel beteiligt. Er wird Ihnen wohl Näheres sagen können."

„Seltsam, dass die den Koblenzer Kollegen hinzugezogen haben. Der muss sich doch nicht mit solchen Kleinigkeiten befassen. Und etwas Schwerwiegendes haben die beiden doch sicher nicht angestellt. Ist Herr Höbel im Haus?"

„Bis jetzt noch nicht."

„Dann wird er wohl gleich kommen. Lassen Sie Karlchen und Starck schlafen. Bitten Sie Herrn Höbel, dass er sich bei mir meldet, wenn er ins Haus kommt."

„Was machen wir mit den beiden?"

„Richten Sie denen aus, ich hätte angeordnet, sie mit kaltem Wasser abzuspritzen, wenn sie keine Ruhe geben. Und lassen Sie denen etwas Kaffee und ein paar belegte Brötchen bringen. Wir sind in unseren Zimmern."

„Was werden die zwei wohl wieder für Dummheiten gemacht haben?", fragte er Ulla, während sie die Treppe hinaufgingen.

„Man muss den beiden doch mal richtig auf die Finger klopfen. Es ist schon ärgerlich, wie viel von unserer Arbeitszeit die in Anspruch nehmen," meinte Ulla.

„Ich glaube, ein paar Chaoten hat jede Polizeidienststelle zu verkraften. Die gehören irgendwie dazu. Mal hören, was uns Höbel zu sagen hat."

Es dauerte nicht sehr lange, bis Höbel Leyendeckers Dienstzimmer betrat. „Ich hoffe, Sie hatten ein paar erholsame Tage in London."

„Hören Sie auf. Erholung stelle ich mir anders vor. Und schlechtes Wetter haben wir hier auch genug, auch wenn wir uns über den diesjährigen Sommer ja wirklich nicht beschweren können. Aber wir konnten durchaus Interessantes in Erfahrung bringen. Aber dazu später. Ich rufe Ulla hinzu. Dann können Sie uns zunächst berichten, was sich hier zugetragen hat. Was war da mit Siggi und Fred?"

„Das ist schnell erzählt", sagte Höbel, als Ulla sich gesetzt hatte. „Sie haben ja schon gehört, dass die beiden inhaftiert sind. Sie sind bei Lisa Stahl eingedrungen. Sie haben wohl in Erfahrung gebracht, dass sie derzeit nicht dort wohnt, und haben das als Einladung aufgefasst. Sie haben eine Leiter an ein rückwärtiges Fenster gestellt, woher sie die hatten, wird noch zu klären sein, und das Fenster aufgehebelt. Wir haben zwei Rucksäcke mit Wertgegenständen sichergestellt, die sie sich bereits angeeignet hatten Sie kamen nur nicht mehr dazu, sie fortzuschaffen."

„Schwerer Einbruchdiebstahl", sagte Ulla. „Ich will hoffen, dass die zwei diesmal nicht so glimpflich davonkommen."

„Wie hat man den Einbruch denn gemerkt. Haben die Nachbarn angerufen?"

„Die Streifen wurden ja angewiesen, weiterhin ein Auge auf das Haus zu haben. Berger und Starck fiel auf, dass der Fernseher lief. Sie haben dann die Leiter und das offene Fenster auf der Rückseite bemerkt und die beiden schlafend im Wohnzimmer angetroffen. Den beiden war die Hausbar in die Hände gefallen. Dem Inhalt konnten sie dann doch nicht widerstehen. Danach sind sie selig eingeschlafen."

„Das passt ja zu diesen Knalltüten." Leyendecker schüttelte den Kopf. „Die brauchen wirklich einen Denkzettel, aber ich fürchte, auch diesmal wird ihnen nicht viel geschehen. Selbst wenn man sie zu ein paar Monaten verurteilt, macht das denen doch nichts aus. Das sitzen die auf einer Backe ab. Es kostet den Staat lediglich jede Menge Geld. Es geht ja auf den Winter zu. Da passt das denen möglicherweise ganz gut in den Kram, wenn sie Vollpension haben. Aber lassen wir das, wir haben Wichtigeres zu tun, als uns mit den Eskapaden dieser beiden Idioten zu beschäftigen."

„Ja, erzählen Sie. Haben Sie in London etwas in Erfahrung gebracht?"

„Wie man es nimmt. Was wir in Erfahrung gebracht haben, ist nahezu eine Sensation", berichtete Ulla.

„Aber ob das für unseren Fall hilfreich ist, bleibt abzuwarten", ergänzte Leyendecker. Er berichtete ausführlich, was sie in London erlebt hatten.

Danach starrte Höbel eine Weile schweigend vor sich hin, bevor er anfing zu sprechen. „Das würde ja bedeuten, diese Mona Seelbach ist die leibliche Mutter von Anja Seelbach, der Mutter von Lisa Stahl."

„Ganz recht", bestätigte Leyendecker. „Wir haben dafür keine Beweise, aber es spricht alles dafür, dass Mona Seelbach die Großmutter von Lisa Stahl ist. Sie sind wohl tatsächlich Blutsverwandte. Das erklärt auch, warum Lisa Stahls Großeltern, eigentlich Urgroßeltern, in relativ hohem Alter ein Kind adoptieren konnten."

„Vergessen wir nicht, dass das alles zunächst nur Vermutungen sind", gab Ulla zu bedenken. „Das wird nur sehr schwer, vermutlich gar nicht, zu beweisen sein. Grundsätzlich unterliegen Adoptionen der Geheimhaltung. Allenfalls haben die Adoptierten ein Recht darauf, den Namen ihrer leiblichen Eltern zu erfahren. Aber Lisas Mutter Anja lebt ja nun nicht mehr. Vielleicht hat sie es ja auch gewusst."

„Spinnen wir doch einfach einmal weiter", schlug Höbel vor. „Was ist mit dem Vater des Kindes? Wenn man die Daten der Tagebücher und das Alter des Kindes vergleicht, liegt der Schluss doch nahe, dass Dissy Watkins Anjas Vater und somit Lisas leiblicher Großvater ist."

„Ich glaube, das können wir ganz schnell vergessen", meinte Ulla. „Ich glaube nicht, dass Dissy Watkins als Kindesvater registriert wurde."

„Wenn man es aber doch beweisen könnte, beispielsweise durch einen Vergleich der Gene", beharrte Höbel. „Könnte da nicht eine Menge Geld im Spiel sein. Haben wir hier vielleicht das Motiv für den Mord, und es ging gar nicht um die Gitarre."

„Wohl kaum", widersprach Leyendecker. „Watkins ist, so glaube ich wenigstens, seit 1970 tot. Es wird schwer sein, an seine Gene zu kommen. Außerdem verliert das adoptierte Kind sein Erbrecht am Nachlass der leiblichen Eltern. Zumindest ist das hier in Deutschland so. Vermutlich ist das in Großbritannien nicht anders."

„Wir sollten hier keine Mutmaßungen anstellen", sagte Ulla, „sondern überlegen, was das für unseren Fall bringt.

„Ulla hat recht", bestätigte Leyendecker. „Wenn wir ehrlich sind, bringt das für unseren Fall gar nichts."

„Ja, leider", Höbel nickte nachdenklich. „Aber Lisa Stahl sollte davon erfahren."

„Sie hat jetzt Unterricht. Wenn der zu Ende ist, werden wir sie darüber informieren."

Lisa Stahl war außerstande, einen klaren Gedanken zu fassen. In ihrem Kopf ging alles Drunter und Drüber. Ihr war, als schwirre darin ein Schwarm Hornissen umher. Das mochte auch daher kommen, dass sie letzte Nacht kaum geschlafen hatte. Aber in erster Linie lag es wohl daran, dass ihr Nervenkostüm durch die Ereignisse der vergangenen Tage völlig überreizt war. Als Ulla Stein sie dann nach der Schule aufgesucht und informiert hatte, was sie und Leyendecker in London erfahren hatten, war es Lisa so vorgekommen, als weigere sich ihr Hirn strikt, weitere Informationen aufzunehmen. Es war so, als versuche man, in ein ohnehin volles Glas, weitere Flüssigkeit hineinzuschütten, was unweigerlich zum Überlaufen führte. Sie war restlos überfordert und kurz davor durchzudrehen. Irgendetwas musste sie unternehmen, um wieder einigermaßen klare Gedanken fassen zu können.

Sie hatte bisher eigentlich mindestens zweimal die Woche Sport getrieben. Entweder war sie ins Fitnessstudio gegangen oder einige Kilometer gelaufen. Jedes Mal hatte sie sich richtig ausgepowert, und es hatte ihr immer gut getan. Aufgrund des Geschehens der letzten Tage hatte sie diese Gewohnheiten vernachlässigt. Tatsächlich hatte sie sie einfach vergessen. Es war höchste Zeit, wieder damit zu beginnen. Ins Fitnessstudio wollte sie jetzt nicht. Da waren immer Leute, und irgendjemand würde sich schon nach ihrem Befinden erkundigen oder sein Bedauern ausdrücken, und sie war gezwungen, wieder über die nähere Vergangenheit zu reden. Also kam nur eine ausgiebige Joggingrunde infrage.

Da gab es allerdings ein Problem. Ihre Sportsachen waren noch in ihrem Haus am Waldrand, und sie hatte ein blödes Gefühl, es jetzt allein aufzusuchen. Ganz kurz kam ihr der Gedanke, diesen hilfsbereiten jungen Polizeibeamten anzurufen, um den zu bitten, sie kurz in ihr Haus zu begleiten. Aber dann kam sie sich doch etwas blöd vor. Was würde Höbel von ihr denken? Es war mitten im Mittag. Was sollte ihr schon passieren?

Entschlossen setzte sie sich auf ihr E-Bike und fuhr in die Steinebacher Straße. Sie stieg die Treppe hoch. Vor der Haustür zögerte sie einen kurzen Moment. Das mulmige Gefühl bestand nach wie vor. Doch dann steckte sie entschlossen den Schlüssel ins Schloss und schloss auf. Sie stieß die Tür auf, blieb aber auf der Schwelle stehen, um erst einmal von draußen alles zu mustern. Bereit, jederzeit zu fliehen, falls etwas Unvorhergesehenes auftauchen sollte. Was hatte sie erwartet? Es war alles so, wie sie es heute Morgen hinterlassen hatte. Trotzdem machte es ihr etwas aus, ihre eigene Wohnung zu betreten. Aber es wäre doch zu dumm gewesen, jetzt wieder umzukehren. Entschlossen durchquerte sie den Flur und eilte ins Schlafzimmer. Leggins, Shirt und Laufweste waren im Kleiderschrank. Die fast neuen Joggingschuhe standen auf der

Treppe, die ins Untergeschoss führte. Sie ergriff die Sachen und eilte, ohne sich umzusehen, nach draußen. Sie atmete tief aus, als sie die Haustür wieder abschloss.

Bereits nach den ersten Schritten merkte sie, dass der Sport ihr guttat. Sie hatte sich in dem Zimmer in der Judengasse umgezogen. Anders als bei ihren sonstigen Läufen, bei denen sie immer in Richtung Steinebach bis zur Langen Schneise gelaufen war, kam sie diesmal aus der anderen Richtung über den Ziegelhütter Weg. Sie lief ohne Anstrengung. Die Monotonie ihrer eigenen regelmäßigen Schritte wirkte sich beruhigend auf ihren Gemütszustand aus. Ihr Gehirn begann allmählich wieder, ihre Gedankengänge zu sortieren.

War diese Mona Seelbach tatsächlich ihre Großmutter? Und was hatte die junge Frau bewogen, wieder nach London zurückzukehren? Denn sie hatte sich ja zweifellos am 30.10.1966 noch in London aufgehalten, war aber in dem Zeitraum bis zu ihrem Tod noch einmal in ihrem Elternhaus gewesen. Wer außer ihr hätte sonst die Sachen in den Westerwald bringen sollen? Hatte die Frau, die sie bisher für ihre Großmutter gehalten hatte, gewusst, dass ihre Tochter schwanger war? Und warum hatte sie so beharrlich die Existenz der jungen Frau verschwiegen? Fragen, auf die sie wohl nie eine Antwort finden würde.

Dass die Gitarre von Dissy Watkins stammte, stand für Lisa außer Frage. Ob sie jemals die Echtheit würde beweisen können, war ihr nicht mehr so wichtig. Aber dass die Mörder ihrer Mitbewohnerin gefasst und ihrer gerechten Strafe zuführt würden, war schon wichtig. Vorher würde sie wohl kaum zu einem geregelten Leben zurückfinden.

Obwohl die Lange Schneise eine beliebte Strecke für Langläufer und Spaziergänger war, schien sie heute weitgehend allein im Wald zu sein. Lediglich einige hundert Meter hinter ihr lief ein Mann in blauem Kapuzenpulli.

Nach einer Weile sah sie erneut nach hinten. Eigentlich hatte sie erwartet, dass er nicht mehr zu sehen war. Aber er folgte ihr in einer Entfernung von etwa dreihundert Metern. Das war nichts Besonderes, denn die Lange Schneise war nun einmal eine beliebte Laufstrecke.

Kurz nachdem sie die Straße, die vom Ortsteil Altstadt nach Steinebach führt, überquert hatte, sah sie sich erneut um. Der Mann folgte ihr immer noch. Die Entfernung hatte sich nicht verändert. Er lief die gleiche Geschwindigkeit wie sie.

Eigentlich kein Grund, in irgendeiner Weise besorgt zu sein. Aber sie war ein wenig sensibilisiert. Und irgendwie hatte sie doch ein flaues Gefühl. Was ja auch nicht weiter verwunderlich war. Trotzdem lief sie unverdrossen weiter. Ehe sie die B 413 erreichte, bog sie nach links in Richtung des Tals der Wied ab. Hier war die

Strecke etwas kurviger. Sie drehte sich noch einmal um. Von dem Mann in der blauen Kapuzenjacke war nichts zu sehen. Aber so ganz ging der ihr doch nicht aus dem Kopf. Und richtig, als sie sich erneut umdrehte, war er wieder da, und jetzt hatte sich die Entfernung wesentlich verringert.

Das mochte nichts zu bedeuten haben. Aber ihre innere Unruhe stieg weiter an, vielleicht war es auch unterschwellige Angst, die sich bei ihr bemerkbar machte.

Bei der nächsten Kurve setzte sie einen kurzen Spurt an, um kurz darauf seitwärts im Wald zu verschwinden. Hinter einem Baum versteckt wartete sie auf den Fremden. Und da kam er auch schon. Mit ruhigen Schritten zog er vorbei. Zwischen den Bäumen konnte sie es nicht genau erkennen. Aber ihr war so, als habe der Mann zwar Sportschuhe, aber ansonsten Straßenkleidung getragen.

Lisa verharrte einen Augenblick und atmete tief durch. Die Schritte des Fremden verklangen. Ihre Panik war völlig unbegründet gewesen. Sie blieb noch eine Weile stehen.

Eigentlich hatte sie ja bis zur Wied laufen wollen, um dem Bach dann aufwärts bis nach Steinebach zu folgen, um dann von dort über Gehlert den Heimweg anzutreten. Aber sie verwarf den ursprünglichen Plan. Sie hatte nicht die Absicht, dem Fremden zu folgen. Aber es war wohl auch nicht mehr allzu lange, bis die Dämmerung einsetzte. Es schien ihr daher sinnvoller, denselben Weg zurückzulaufen. Also ging sie zum Waldweg zurück und lief bergan.

Es dauerte etwas, bis sie ihren gewohnten Rhythmus wieder gefunden hatte.

Sie hatte den Fremden bald vergessen. Aber da hörte sie Schritte hinter sich. Sie drehte sich um, und da war er wieder, keine fünfzig Meter entfernt.

Das war kein Zufall mehr. Was sollte sie tun? Es blieb ihr keine Zeit, das Handy aus der Gürteltasche zu ziehen und jemand anzurufen. Er wäre längst bei ihr gewesen. Was blieb ihr anderes übrig, als zu versuchen davonzulaufen. Aber die Angst schnürte ihren Brustkorb zu, dass sie das Gefühl hatte, keine Luft zu bekommen. Trotzdem rannte sie verzweifelt weiter. Sie rechnete jeden Moment damit, dass er sie von hinten ergreifen würde.

Sie sah bereits die Lange Schneise und sah auch ihre Rettung. Dort ging ein Fußgänger, und der Mann hinter ihr würde sie wohl kaum vor Zeugen angreifen. Sie brauchte also nur bis zu dem Mann auf der Schneise zu kommen. Dort konnte sie kurz innehalten und vielleicht ein paar Worte mit dem Spaziergänger wechseln. Wenn es ihr dann noch notwendig erschien, konnte sie ihn auch bitten, einen Augenblick bei ihr zu bleiben, bis sie Höbel angerufen hatte. Sie war sicher, dass er keinen Moment zögern würde, um zu ihr zu kommen. Die Hoffnung gab ihr neue

Kraft, und ihre Schritte beschleunigten sich wieder.

Beinahe atemlos erreichte sie den Mann. Der lächelte sie freundlich an. Sie war in Sicherheit.

Zu spät merkte sie, dass etwas nicht stimmte. Denn plötzlich hatte er ein Tuch in der Hand, das er ihr vor den Mund hielt. Es roch ähnlich wie im Krankenhaus, nur intensiver. Sie bekam keine Luft mehr. Sie spürte noch, wie der Kapuzenmann sie von hinten packte. Dann schwanden ihr die Sinne.

# Kapitel 9

Im ersten Moment wusste Lisa nicht, was um sie herum geschah. Sie versuchte, die Augen zu öffnen. Aber nichts passierte. Sie probierte, mit ihren Händen nach ihren Augen zu greifen. Aber auch das war unmöglich. So langsam wurde ihr bewusst, dass man ihr die Augen verbunden und Arme und Beine gefesselt hatte. In ihrem Mund steckte ein dicker Knebel. Sie war außerstande, außer einem hilflosen Zischen, irgendein Geräusch von sich zu geben. So langsam kam ihre Erinnerung zurück. Da war der Kerl, der sie verfolgt hatte und der andere Mann, bei dem sie Zuflucht gesucht hatte. Jetzt fiel es ihr wieder ein. Die beiden hatten gezielt zusammengearbeitet und sie entführt.

Es lag auf der Hand, was die beiden von ihr wollten. Diese verflixte Gitarre war ein Fluch. Sie konnten sie gerne haben. Zuviel war wegen dieses Instruments schon geschehen. Aber so einfach war es leider nicht, den Verbrechern lediglich die Gitarre zu übergeben, und alles war wieder gut. Die Gitarre war sicher bei der Sparkasse deponiert, und die beiden würden sie wohl kaum freilassen, wenn sie denen versprach, sie dort abzuholen und ihnen auszuhändigen. Wenn einer von denen mit ihr in die Bank kam, würde die Kamera ihn aufnehmen. Ob sie das riskieren würden, war fraglich.

Außerdem hatte sie die beiden Männer gesehen, zumindest den einen deutlich. Die hatten schon einmal gemordet und Lisa stellte jetzt eine latente Gefahr für sie dar. Sie konnte sich gut ausmalen, was mit ihr geschehen würde, wenn die sie nicht mehr brauchten.

Sie lag in einem Fahrzeug. Offenbar hatte man sie im Kofferraum untergebracht. Der war allerdings recht geräumig. Das Fahrzeug musste recht groß sein. Wie lange sie bereits gefahren waren, konnte sie nicht sagen. So hatte es auch keinen Zweck zu versuchen, sich zu orientieren. Es dauerte auch nicht lange, bis sie anhielten. Sie hörte, dass zwei Autotüren geöffnet und geschlossen wurden. Schritte entfernten sich, um nach kurzer Zeit zurückzukommen. Der Kofferraum wurde geöffnet, und sie spürte, wie vier Hände sie packten und anhoben. Man trug sie eine Treppe hoch und legte sie auf einer Decke ab.

Ohne ein Wort zu sagen, entfernten sich die beiden Männer. Lisa hörte noch, wie eine Tür geschlossen und ein Schlüssel zweimal umgedreht wurde. Dann war sie allein.

„Hier vorne ist eine junge Frau, die jemand wegen Lisa Stahl sprechen möchte", meldete man Ulla.

„Schicken Sie sie zu mir."

Kurz darauf öffnete sich die Tür, und eine etwa dreißig Jahre alte Frau betrat etwas zaghaft Ullas Zimmer. Sie trug eine dunkelblaue Jacke und helle Jeans. Sie stellte sich als Theresa Brenner vor.

„Nehmen Sie doch bitte Platz, Frau Brenner. Was kann ich für Sie tun?"

„Es mag ja sein, dass ich etwas panisch reagiere, aber in letzter Zeit ist eine ganze Menge geschehen …"

„Erzählen Sie", munterte Ulla sie auf.

„Es geht um meine Mitbewohnerin. Sie müssen wissen, Frau Stahl wohnt vorübergehend bei mir."

„Sie sind also die Kollegin aus der Judengasse, bei der sie untergekommen ist. Aber fahren Sie doch fort."

„Sie sollten mich nicht falsch verstehen. Auch wenn Frau Stahl bei mir wohnt, kann sie doch tun und lassen, was sie will. Als ich gestern nach Hause kam, war sie nicht da. Natürlich habe ich mir nichts weiter dabei gedacht. Sie ist den Abend auch nicht nach Hause gekommen. Ich bin dann so gegen elf Uhr ins Bett. Als ich heute Morgen wach wurde, war sie auch nicht da. Ihre Kleider lagen auf dem Stuhl in ihrem Zimmer. Das Pedelec stand bereits gestern im Flur. Sie wird wohl woanders übernachtet haben, dachte ich. Als ich zur Schule kam, fehlte sie auch dort. Wir haben sie auch telefonisch nicht erreicht. Wir mussten mit dem Unterricht improvisieren.

Bis jetzt hat sie sich nicht gemeldet. Das Telefon ist nach wie vor tot."

„Es ist gut, dass Sie gekommen sind", fand Ulla. „Normalerweise ist es ja ganz normal, wenn eine junge Frau einmal woanders übernachtet. Aber dass eine Lehrerin nicht zum Unterricht erscheint und dann noch nicht einmal Nachricht gibt, ist schon ungewöhnlich. Und im Falle Ihrer Kollegin kommen ja noch besondere Umstände hinzu. Das ist sehr beunruhigend. Warten Sie, ich rufe die Kollegen Leyendecker und Höbel hinzu. Die Angelegenheit ist dringend."

Als die beiden eintrafen, berichtete sie denen kurz die Umstände.

„Wir müssen sofort etwas unternehmen", sagte Leyendecker. „Das kann zwar eine ganz normale Ursache haben, aber so recht glaube ich nicht daran. Ich fürchte, da ist erneut etwas geschehen."

„Wo fangen wir an?", erkundigte sich Höbel nervös.

„Ich schlage vor, Ulla fährt mit Frau Brenner und sieht sich in Lisa Stahls Zimmer um. Sie, Herr Höbel, sollten zum Haus am Wald fahren, vielleicht ist sie ja dort. Ich werde mal im Krankenhaus anrufen, ob die etwas wissen. Vielleicht hatte sie ja einen Unfall. Danach trommle ich soviel Leute wie möglich zusammen, die die Nachbarschaft in der Judengasse und der Steinebacher Straße befragen. Wenn einer von uns etwas erfährt, benachrichtigt er die anderen sofort."

Das Haus am Waldrand wirkte verlassen. Im Hof stand Lisa Stahls PKW. Aber Höbel wusste ja, dass sie ihn hier zurückgelassen hatte, solange sie sich bei ihrer Kollegin aufhielt. Höbel ging die Treppe hoch und läutete. Keine Antwort. Er klopfte mit der Faust gegen die Tür. „Ich bin es, Höbel. Sind Sie zu Hause, Frau Stahl?" Aber es rührte sich nichts.

Sollte er den örtlichen Tischler anrufen, der ihm Zugang zu dem Haus verschaffte? Da sah er beim Nachbarhaus eine Frau mit einem Kleinkind.

Die Frau war dabei, Blätter zusammen zu rechen. Höbel entschloss sich, bei ihr nachzufragen.

Als die Frau ihn kommen sah, unterbrach sie ihre Arbeit und kam auf ihn zu.

Höbel zeigte seinen Ausweis und stellte sich vor.

„Das habe ich mir gedacht, dass Sie von der Polizei sind", sagte die Frau. „Sie waren ja in letzter Zeit öfter hier. Schlimm das alles. Was möchten Sie denn wissen?"

„Ich suche Frau Stahl."

„Sie wohnt doch vorübergehend in der Judengasse."

„Richtig, dort ist sie aber nicht. Ich dachte, vielleicht würde ich sie hier antreffen."

„Sie war gestern mal kurz hier. Aber seitdem habe ich sie nicht mehr gesehen."

„Sie war gestern hier? Wann war das? Haben Sie mit ihr gesprochen?"

„Das war gestern Nachmittag. Aber gesprochen habe ich nicht mit ihr. Sie war nur ganz kurz mit ihrem E-Bike da, hat wohl etwas geholt."

„Konnten Sie erkennen, was sie geholt hat?"

„Sie hatte irgendwelche Sachen in einer Plastiktüte. Ach ja, sie hielt Sportschuhe in der Hand. Sie joggt ja öfter."

Das Erste, das Ulla auffiel, als sie zusammen mit Theresa Brenner das kleine Haus in der Judengasse betrat, war Lisa Stahls Pedelec, das im Flur stand.

„Dort ist ihr Zimmer", sagte Theresa Brenner und deutete auf eine Tür.

„Darf ich mich dort umsehen?", fragte Ulla.

„Selbstverständlich."

Die Tür des Zimmers war nicht verschlossen. Auf einem Stuhl lagen mehrere Kleidungsstücke. Ulla erkannte die Kleidung als die, die Lisa Stahl am Vortag getragen hatte, als sie ihr von dem Ergebnis der Londonreise berichtet hatte. Sie musste sich also umgezogen haben. Auch die Schuhe standen unter dem Stuhl. Ulla untersuchte die Sachen, konnte aber nichts feststellen, was auffällig gewesen wäre. In dem Nachtischschränkchen lagen einige Papiere und Lisas

Geldbörse. Sie enthielt Lisas Personalausweis, ihre Kreditkarte, ihre Krankenkassenkarte, einige Geldscheine und Münzen. Sie hatte also nicht die Absicht gehabt, länger wegzubleiben, sonst hätte sie die Sachen schließlich mitgenommen.

„Wann haben Sie Frau Stahl zum letzten Mal gesehen?", erkundigte sich Ulla.

„Ich bin gestern so gegen zwei zum Einkaufen gefahren. Da war sie wohl noch in ihrem Zimmer. Seitdem habe ich nichts mehr von ihr gehört."

Ullas Handy läutete.

Höbel meldete sich. „Ihr Auto steht hier, aber sie ist nicht da. Ich habe mit der Nachbarin geredet. Frau Stahl war gestern noch einmal bei ihrem Haus in der Steinebacher Straße. Es sieht so aus, als habe sie sich dort Sportsachen abgeholt. Die Nachbarin sagt, sie sei öfter Joggen gewesen."

„War sie in Sportsachen gekleidet?"

„Das wohl nicht, aber die Nachbarin glaubt, dass sie Laufschuhe in der Hand hatte."

„Dann hat sie sich vermutlich hier umgezogen. Ich schlage vor, sie hören sich noch weiter in der Nachbarschaft um. Ich versuche, ob ich hier mehr erfahren kann."

Das erklärte, dass die Kleidung und die Schuhe in ihrem Zimmer waren. Vermutlich war sie von hier aus losgelaufen. Wenn sie bisher nicht zurückgekehrt war, hatte sie möglicherweise einen Unfall erlitten. Oder ihr war anderweitig etwas zugestoßen. Sie rief Leyendecker an. „Hallo Christoph. Es scheint, als sei sie gestern von hier zum Joggen gestartet. Was hat die Nachfrage im Krankenhaus ergeben?"

„Dort ist sie nicht. Es wurde auch kein entsprechender Unfall gemeldet.

„Es klingelt an der Tür. Bleib dran, ich sehe mal nach."

Ulla ging nach draußen. Theresa Brenner öffnete gerade die Tür. „Es sind Karlchen und Starck."

„Die hatte ich dir als Verstärkung geschickt."

„Was schlägst du vor, was wir jetzt unternehmen sollen?"

„Wir müssen sie suchen. Es ist jetzt einen Tag her, seit sie zuletzt gesehen wurde. Da bleibt keine Zeit mehr. Ich fordere einen Hubschrauber an. Aber das kann dauern."

„Was ist mit der alten Bella?"

„Gute Idee. Ich höre gleich mal nach, ob sie noch einigermaßen fit ist."

Hermann Zürke, ehemaliger Diensthundeführer und seine ebenfalls in den Ruhestand versetzte Fährtenhündin Bella waren Leyendecker in letzter Zeit häufiger bei der Suche nach Personen behilflich. Es dauerte etwas länger, bis er den Hörer abnahm und sich meldete.

Leyendecker hörte sofort, dass Zürke stark erkältet war. „Du klingst nicht gut, Hermann."

„Habe mir eine Grippe eingefangen. Ich hatte mich etwas hingelegt."

„Leg dich wieder hin. Wenn du krank bist, will ich dich nicht weiter belästigen."

„Warte Christoph. Was ist denn los?"

„Lass es gut sein. Wir reden später."

„Sag schon. Was ist los?"

„Wir suchen eine junge Frau."

„Und du glaubst, Bella und ich könnten euch dabei helfen."

„Schon, aber wenn du krank bist …"

„Kenne ich die Frau?"

„Ich weiß nicht. Sie heißt Lisa Stahl."

„Das ist doch die mit der Gitarre. Und die ist verschwunden? Die hat doch in letzter Zeit so einiges durchgemacht. Du glaubst doch nicht, dass ich mich jetzt wieder hinlege. Wo sollen wir hinkommen?"

„Sie wohnt vorübergehend in der Judengasse."

„Wir sind schon unterwegs."

Als Leyendecker aufgelegt hatte, forderte er einen Hubschrauber mit Infrarotkameras an. Man sagte ihm zu, dass der binnen einer Stunde in Hachenburg eintreffen würde.

Ulla berichtete Berger und Starck, dass Leyendecker Zürke anrufen wollte und der wohl bald mit seinem Hund eintreffen würde. Sie bat die beiden, den pensionierten Polizeibeamten zusammen mit ihr zu begleiten.

Kurz darauf erschienen Zürke und seine Schäferhündin. Der pensionierte Polizist schnaufte schwer und hatte eine flammend rote Nase. Er war dick vermummt.

Ulla sah sofort, dass er schwer erkältet war. „Können Sie sich das mit dieser Erkältung überhaupt zumuten", zweifelte sie.

Zürke winkte ab. „Es wird schon gehen. Ich muss ja nichts riechen. Und Bella hat ja keinen Schnupfen. Haben Sie etwas da, an dem der Hund Witterung nehmen kann?"

„Drinnen liegt Kleidung der Gesuchten."

Sie gingen nach drinnen. Zürke ließ denn Hund an den Kleidungsstücken und den Schuhen schnuppern. „Such Bella!"

Sofort machte der Hund sich auf den Weg nach draußen, um sie über die Mittelstraße und die Friedrichstraße zum Alexanderring zu führen. So kamen sie dann auch bald bis zur Ziegelhütte.

Hier blieb Zürke schnaufend stehen. „Mach mal langsam, Bella. Ich brauche einen Moment Pause."

„Wäre es nicht besser, Sie würden sich wieder ins Bett legen, und wir gingen allein mit dem Hund weiter?", erkundigte sich Ulla besorgt.

„Wenn das so einfach wäre. Das geht nicht. Bella würde Ihnen nicht gehorchen. Sie ist auf mich fixiert. Mit Ihnen würde sie durchaus spazieren gehen oder mit Ihnen spielen, aber für die Fährtenarbeit müssten Sie doch vorher einige Zeit üben. Es geht ja schon wieder. Gehen wir weiter."

„Vielleicht sollten wir etwas langsamer tun."

Zürke nickte lediglich und ging dann etwas schwankend weiter.

Bella zog konstant an der Leine. Obwohl bereits ein Tag vergangen war, schien sie die Spur sicher zu erschnüffeln. Es fiel Zürke immer schwerer, seinem Hund zu folgen. Mehrmals stolperte er und hatte Mühe, sich auf den Beinen zu halten.

In der Ferne hörten sie die Rotoren eines Hubschraubers. Leyendecker war es also tatsächlich gelungen, in so kurzer Zeit dieses Fluggerät zu organisieren. Die Geräusche nahmen zu. Als sie nach oben sahen, stand der Hubschrauber genau über ihnen.

Ullas Handy vibrierte. Ein Blick aufs Display zeigte ihr, dass Leyendecker dran war. Sie meldete sich.

„Ich höre schon, dass der Hubschrauber genau über Euch steht. Wo seid ihr genau?"

„Wir haben eben die Straße nach Alpenrod überquert und gehen in Richtung Gehlert."

„Alles klar. Ich bin über Funk mit dem Hubschrauber verbunden. Ich werde veranlassen, dass er die nähere Umgebung der Langen Schneise bis zur Bundesstraße abfliegt. Wenn noch etwas ist, melde dich bei mir. Wink der Hubschrauberbesatzung zu, das ist das Zeichen, dass wir in Verbindung stehen."

Ulla tat wie ihr geheißen. Dann gab sie Zürke ein Zeichen. Der nickte Bella zu und sie setzten ihren Weg fort.

Es war zunehmend dunkler geworden. Und es war auch mehrfach ein dumpfes Grollen zu hören. Aber da sie mehr auf den Hund achteten und das Grollen auch weitgehend von dem Dauerton des Hubschraubers übertönt wurde, hatten sie dem bisher keine Bedeutung beigemessen.

Als sie nun den Wald verließen, sahen sie, dass sich der Himmel tiefschwarz verfärbt hatte. Da zuckte auch schon der erste Blitz herab. Gleichzeitig fing es an, in Strömen zu regnen. Es war eines dieser Herbstgewitter, die um diese Jahreszeit nicht gerade häufig sind, aber trotzdem sehr heftig ausfallen können.

Kurz darauf waren sie bis auf die Haut durchnässt, und das Wasser lief zentimeterdick über den befestigten Feldweg. Es war für Bella völlig unmöglich, hier noch eine Spur zu finden.

Ulla griff zum Handy. „Wir brechen die Aktion ab, Christoph. Veranlasse bitte, dass uns ein Wagen in Gehlert abholt."

„Alles klar, Ulla. Der Hubschrauber wird bei diesem Unwetter wohl auch nicht mehr fliegen können. Wir versuchen es morgen noch einmal. Ich werde auch noch einmal Hunde anfordern. Allerdings zweifle ich, dass die nach diesem Regen noch eine Spur finden. Bring den alten Hermann einigermaßen wohlbehalten nach Hause. Und mach ihm einen steifen Grog."

Sie waren wieder gegangen. Lisa Stahl lag nach wie vor da, ohne sich rühren zu können. Man hatte ihr lediglich kurzzeitig den Knebel entfernt, ihr etwas zu essen und zu trinken gegeben und sie eingehend befragt. Sie hatte die Fragen allerdings nicht beantwortet. Solange sie keine der Fragen beantwortete, war ihr Überleben gesichert. So glaubte sie wenigstens. Nun waren sie wieder gegangen und hatten ihr gesagt, sie würde weder Essen noch Trinken erhalten, bis sie die Antworten hätten. Sie wusste nicht, wie lange sie das durchhalten würde.

Es hatte die ganze Nacht geregnet. Die Hunde waren außerstande, die Spur aufzunehmen. Auch eine erneute Suche mit dem Hubschrauber hatte keinen Erfolg gebracht. Lisa Stahl blieb verschwunden. Leyendecker, Ulla und Höbel waren sich einig, dass sie in allergrößter Gefahr war, falls sie überhaupt noch lebte. Sie waren fest davon überzeugt, dass die junge Frau entführt worden war."

„Sobald die Kerle die Gitarre in den Händen halten, ist ihr Leben keinen Pfifferling mehr wert", sagte Höbel.

„Das sehe ich genauso. Das müssen wir unbedingt verhindern", stimmte Ulla zu.

„Wir müssen bei der Sparkasse Bescheid geben. Sobald sich jemand auch nur nach der Gitarre erkundigt, müssen die uns unbedingt benachrichtigen, ganz besonders, falls Lisa Stahl dort auftaucht. Egal ob sie allein oder in Begleitung ist", sagte Leyendecker.

„Die Telefonauswertung hat nichts ergeben", berichtete Ulla. „Das Telefon ist ausgeschaltet. Das letzte registrierte Gespräch war mein Anruf bei ihr, mit dem ich meinen Besuch ankündigte. Ansonsten waren keine auffälligen Anrufe. Allerdings einem Anruf müssen wir noch nachgehen. Er kam von einem Handy, das in Großbritannien registriert ist."

„Da kann ich weiterhelfen", meldete sich Höbel. „Sie hatte Besuch von einem Sachverständigen von Dissy Watkins. Das Telefon gehört vermutlich Paul Richard. Es handelt sich um den früheren Manager des Gitarristen."

„Dann wäre das wohl geklärt. Was können wir sonst noch tun?", fragte Leyendecker. „Wir können den Gangstern doch nicht einfach so die Initiative überlassen."

„Wir sollten die Öffentlichkeit einschalten, die Presse informieren", schlug Ulla vor.

„Wir werden in nutzlosen Hinweisen ersticken. Eigentlich habe wir keine Kapazitäten, um Sinn und Unsinn filtern zu können", fand Leyendecker. „Aber was sollen wir anderes tun. Uns bleibt wohl nichts anderes übrig."

„Lassen Sie uns gemeinsam ein Statement anfertigen, das wir der Presse zukommen lassen", sagte Höbel.

„Wir machen das am besten sofort", erklärte Ulla, „dann wird es spätestens morgen veröffentlicht, und in den Internetausgaben erscheint es bereits heute."

Sie waren auch bald damit fertig und verbreiteten es zusammen mit einem Foto der Verschwundenen per E-Mail.

Leyendecker rief Danika Adler zusätzlich an, um ihr weitere Hintergrundinformationen zu geben. Insbesondere unterrichtete er sie über die Ergebnisse, die ihre Reise nach London gebracht hatte. Er bat sie allerdings, von der Nachricht, dass Lisa Stahl vermutlich die Enkelin von Mona Seelbach und möglicherweise auch von Dissy Watkins sei, derzeit noch keinen Gebrauch zu machen. Zumal das ja nicht bewiesen sei. Außerdem sei derzeit nicht abzusehen, wie sich eine solche Nachricht auf die Entführer auswirke.

Danika Adler sagte dies zu, obwohl sie der Auffassung war, dass die Öffentlichkeit großes Interesse an diesen Informationen hätte. Je größer das Interesse, desto mehr Hinweise, war ihre einfache Rechnung.

Kaum war die Presseverlautbarung draußen, da gingen auch schon die ersten Anrufe ein.


Leyendecker hatte angeordnet, dass Tag und Nacht mehr Streifen fuhren und alle Personen und Fahrzeuge überprüft wurden, die irgendwie verdächtig erschienen. So waren Enders und Klein zu einer zusätzlichen Nachtschicht gekommen. Es war gegen ein Uhr, als sie mit dem Streifenwagen in langsamer Fahrt in die Tilmannstraße einbogen.

„Eigentlich habe ich ja genug Überstunden", sagte Enders. „Ich weiß gar nicht, wann ich die alle abfeiern soll."

„Ich glaube, das lässt sich im Augenblick nicht ändern. Es kommen auch andere Zeiten", fand Klein. „Stell dir vor, wir finden irgendetwas heraus, was auf die Spur dieser Entführer führt. Wie stolz dann deine dreijährige Tochter auf dich sein wird."

„Ich glaube, da war was", sagte Enders.

„Was meinst du?"

„Irgend so ein Lichtschein."

„Du sprichst in Rätseln. Was für ein Lichtschein und wo?"

„Dort drüben in dem Fotogeschäft. Es war so, als habe jemand kurz mit einer Taschenlampe geleuchtet."

„Ich habe nichts gesehen."

„Da ist es wieder."

„Jetzt habe ich es auch gesehen. Vielleicht arbeitet noch jemand."

„Und dann macht er kein Licht an und rennt mit der Taschenlampe da rum."

„Du hast recht. Das ist wirklich nicht normal. Das sehen wir uns an. Ich biege links ab in die Ermenstraße und halte auf dem Parkplatz neben der Post. Von dort gehen wir dann zu Fuß zurück."

„Die Tür ist offen, und das Schloss ist beschädigt", flüstert Klein, als sie vor dem Eingang des Fotogeschäfts standen. „Da ist anscheinend tatsächlich jemand eingebrochen."

„Haben die denn keine Alarmanlage?", wunderte sich Enders.

„Die werden die wohl irgendwie ausgeschaltet haben. Vielleicht ist es doch jemand vom Geschäft."

„Das müssen wir überprüfen. Ob wir uns Verstärkung rufen?"

„Wenn es falscher Alarm ist, machen wir uns nur lächerlich."

Enders schob die Tür auf. „Hier ist die Polizei!", rief er. „Ist da jemand?"

Nichts rührte sich.

„Hier ist die Polizei!", rief er erneut. „Kommen Sie mit erhobenen Händen heraus!"

Sie warteten eine halbe Minute. Aber es erfolgte keine Reaktion.

„Ich fürchte, wir müssen da rein. Ich gehe voran. Du sicherst mich", sagte Klein.

Er betätigte den Lichtschalter. Der Verkaufsraum lag hell beleuchtet vor ihnen. Vorsichtig ging Klein mit gezogener Pistole weiter. Plötzlich ging das Licht aus. Wie aus dem Nichts waren da zwei Männer, die Klein aufgrund des Lichts der Straßenbeleuchtung schemenhaft wahrnehmen konnte. Irgendetwas Hartes traf ihn am Kopf, sodass er zu Boden sackte.

Da waren die zwei Kerle auch schon bei Enders, den sie trotz seiner Pistole einfach überrannten.

Enders krachte gegen den Rahmen der Außentür, die Pistole fiel scheppernd zu Boden. Er konnte sich gerade noch auf den Beinen halten. Dann eilte er zu seinem Kollegen.

„Alles in Ordnung", sagte Klein, der langsam wieder zu sich kam. „Hinterher! Ich rufe die Kollegen."

Enders ergriff die Pistole und eilte nach draußen. Die Kerle waren nicht mehr zu sehen. Aber Richtung Innenstadt hörte er eilige Schritte. Er rannte los, konnte aber niemand entdecken, hörte aber nach wie vor Schritte, die wohl aus der Gegend des Löwencafés kamen. Deshalb bog er links ob. Er nahm die Bewegung lediglich aus den Augenwinkeln wahr. Dann traf ihn ein Schlag auf den Kopf. Verdammt, einer der Kerle hatte hinter der Haushecke auf ihn gewartet. Er hörte, wie ein Auto ansprang, und sah den Kerl in einen großen dunklen Geländewagen springen. Dann gaben seine Beine nach, und es wurde schwarz vor seinen Augen.

Als Ulla und Leyendecker eintrafen, waren bereits zwei Streifenwagen, ein Notarztwagen und ein Rettungswagen eingetroffen. In der offenen Tür des Krankenwagens saß Enders. Der Notarzt war gerade dabei, einen Verband um seinen Kopf zu wickeln. Klein stand daneben. Sein Kopf war bereits verbunden.

Leyendecker ging auf sie zu und grüßte die beiden.

„Morgen Chef", erwiderte Klein. „Ausgesprochen blöde Sache."

„Was ist passiert?", erkundigte sich Leyendecker.

„Das ist schnell erzählt. Wir haben einen Lichtschein in dem Fotogeschäft bemerkt und sind dann rein. Offensichtlich waren zwei Kerle dort eingebrochen. Wir haben uns wie zwei Anfänger überrumpeln lassen. Mich haben sie bereits im Geschäft erwischt, Enders dann hier auf dem Parkplatz."

„Können Sie die beiden Männer beschreiben?"

Unisono schüttelten die beiden Polizisten den Kopf. „Nicht wirklich. Sie waren maskiert", berichtete Enders. „So etwas wie schwarze Sturmhauben. Jung und kräftig, zumindest nehme ich das an."

„Sicher trugen sie auch Handschuhe. Fingerabdrücke werden wir dann wohl keine finden."

Klein nickte. „Tut uns leid."

„Trugen sie etwas mit sich? Hatten sie etwas erbeutet."

„Glaube nicht."

„Ihr Fahrzeug?"

„Ein dunkler Geländewagen", erklärte Enders. „Ich glaube ein Range Rover oder so. Aber ich war da schon ganz schön benommen, als ich den gesehen habe."

„Konnten Sie etwas von dem Kennzeichen erkennen?"

Enders schüttelte bedauernd den Kopf. „Wie ich schon sagte. Ich war völlig benommen. Bin ja auch dann gleich weggetreten."

„Wir bringen Sie jetzt ins Krankenhaus", schaltete sich der Arzt ein.

„Das ist doch nicht nötig", wehrte Enders ab.

„Wir sind doch wieder ganz fit", erklärte Klein.

„Sie fahren mit ins Krankenhaus und lassen sich durchchecken!", befahl Leyendecker. „Keine Widerrede!"

„Wie kann man sich nur so dusselig anstellen", sagte Leyendecker, als sie weggefahren waren. „Aber wir können noch von Glück reden, dass denen nichts Ernsthaftes passiert ist. Nach dem Wagen wird doch gefahndet?"

„Das schon. Aber es ist Nacht. Und das gesamte Einsatzpersonal siehst du hier oder es fährt gerade ins Krankenhaus. Und dunkle Geländewagen oder SUVs sind in etwa so häufig wie Sand am Meer."

Inzwischen war die Inhaberin des Geschäfts eingetroffen, die man benachrichtigt hatte. Ulla ging mit ihr in den Laden. „Bitte fassen Sie zunächst nichts an. Sehen Sie sich nur um, ob etwas fehlt."

„So auf den ersten Blick wüsste ich nicht, dass etwas fehlte."

„Ich nehme an, die Einbrecher waren gerade erst eingebrochen und wurden dann von den Kollegen gestört."

„Außer dem Schloss an der Eingangstür scheint ja nichts zerstört worden sein. Können wir morgen, oder besser gesagt, heute wieder planmäßig öffnen?"

„Wir müssen noch Spuren sichern, aber ich denke, dass Sie spätestens am Nachmittag das Geschäft wieder aufmachen können."

## Kapitel 10

Höbel hatte eine Hundertschaft bestellt, die die Umgebung des möglichen weiteren Laufwegs von Lisa Stahl abgesucht hatte. Man hatte alles Mögliche gefunden, aber nichts schien eine Verbindung mit Lisa Stahls Verschwinden zu ergeben.

Zahlreiche Printmedien und auch verschiedene Fernsehsender hatten vom plötzlichen Verschwinden der jungen Frau berichtet. Natürlich gingen zahllose Hinweise ein, deren Aufarbeitung wohl mindestens ein Jahr gedauert hätte. Die sogenannte heiße Spur war nicht darunter.

Sie wussten nicht, wie viel Zeit sie noch hatten, oder ob es nicht ohnehin zu spät war. Immer wieder besprachen sie sich untereinander, in der Hoffnung, dass irgendeine Eingebung sie weiter bringen würde.

Bei einer dieser Besprechungen erkundigte sich Leyendecker: „Was ist eigentlich aus den Filmen und dem Tonband geworden?"

„Als ich sie zusammen mit diesem Paul Richard, Sie wissen schon, diesem Spezialisten für Dissy Watkins, getroffen habe, berichtete sie, dass sie die Sachen zum Digitalisieren gegeben hat", antwortete Höbel.

Da fiel Ulla ein, womit sich ihr Unterbewusstsein seit dem Einbruch in das Fotogeschäft beschäftigt hatte. Als sie die Sachen Lisa Stahls in der Judengasse durchsucht hatte, lagen dort neben Lisa Stahls Geldbörse auch einige Papiere, denen sie damals keine besondere Bedeutung beigemessen hatte. Jetzt erinnerte sie sich, dass sich darunter auch ein Abholschein von einem Fotolabor befand. Lisa Stahl hatte die Sachen offenbar noch nicht abgeholt. „Mir kommt da plötzlich so eine Idee", sagte sie. „Bei Lisa Stahls Sachen war auch ein Abholschein von einem Fotolabor. Was wäre, wenn es gar nicht um die Gitarre, sondern um die Filme und das Tonband ging?"

„Schon möglich", bestätigte Höbel. „Dieser Richard sagte auch, dass die möglicherweise sehr wertvoll seien."

„Das könnte ja bedeuten, dass ein Zusammenhang zwischen dem Einbruch in der Tilmannstraße und Lisa Stahls Verschwinden besteht", ergänzte Leyendecker. „Die Kerle haben nach den Filmen und dem Band gesucht. Oder ist das zu weit hergeholt?"

„Besser eine vage Hypothese als gar keine", erklärte Ulla. „Ich mache mich jedenfalls sofort auf die Socken und hole dieses Schriftstück."

„Die nächste Überraschung", berichtete Ulla, als sie zurückkam. „Der Abholschein ist von einem Bad Marienberger Labor."

„Dann können wir uns wohl von unserer Theorie verabschieden", fand Höbel.

„Warum denn?", widersprach Leyendecker. „Das bedeutet doch nur, dass die nicht wussten, dass Lisa Stahl die Sachen nach Bad Marienberg gegeben hat, und sind vom Logischsten ausgegangen, dass sie die Sachen in ihrer Heimatstadt digitalisieren lässt."

„Das ist wahrscheinlich", ergänzte Ulla. „aber was bedeutet das für Lisa Stahl? Sie hat den Kerlen nicht gesagt, wo die Sachen zu finden sind. Hat sie es Ihnen nicht gesagt, weil sie nicht wollte, oder weil sie es nicht mehr konnte? Wenn überhaupt, haben wir nicht mehr viel Zeit."

„Mein Name ist Ulla Stein", sagte Ulla und zeigte ihren Dienstausweis. „Ich bin von der Polizei."

„Ich habe Sie erkannt", sagte die Frau hinter dem Tresen lächelnd. „Ich lese auch Zeitung. Was kann ich für Sie tun, Frau Stein?"

Ulla legte den Abholschein auf die Theke. „Sind die Sachen schon fertig?"

„Sie sind schon ein paar Tage fertig. Das ist ja heutzutage keine große Sache mehr."

„Kann ich sie mitnehmen?"

„Wenn Sie eine Vollmacht haben, gerne."

„Ich habe keine Vollmacht. Aber die Sachen sind Beweismaterial. Als die Dame weiterhin zögerte, fuhr Ulla fort: „Wenn Sie regelmäßig Zeitung lesen, haben Sie doch auch von der jungen Frau gelesen, die verschwunden ist. Die Sachen gehören dieser Frau, und wir haben Grund zu glauben, dass die Filme uns helfen, die Frau zu finden. Ich quittiere Ihnen den Empfang. Alles andere sehen wir später."

Die Frau nickte. „Ich weiß zwar nicht, ob das alles so rechtens ist, aber es gibt Situationen, die sofortige Entscheidungen verlangen. Das ist hier offenbar der Fall. Ich gebe Ihnen die Sachen mit. Und viel Erfolg bei der Suche. Haben Sie eine Tasche dabei?"

Als Ulla verneinte, holte sie einen mittelgroßen Karton, in dem Sie alles verstaute. „Das sind die Originalbänder", erläuterte sie. „Frau Stahl hat um je zehn Ausfertigungen gebeten. Das sind die CDs. Die gebe ich Ihnen alle mit. Frau Stahl kann das alles später bezahlen."

Hoffentlich, dachte Ulla.


„Ich schlage vor, wir sehen uns das gemeinsam an", sagte Leyendecker. „Ich lasse im Aufenthaltsraum eine Leinwand aufstellen und einen Beamer installieren. Ich werde Frau Schneider sofort beauftragen."

Frau Schneider war die neue Anwärterin. Ihr Vorgänger hatte ebenfalls Schneider geheißen, sodass sie sich nicht weiter umzustellen brauchten. Wie ihr Vorgänger, so hatte sie auch ein geschicktes Händchen für alles, was irgendwie mit Computern zu tun hatte. Leyendecker wusste das durchaus zu schätzen.

„Ich nehme nicht an, dass Film- und Tonaufnahmen aufeinander synchronisiert sind," erklärte Höbel.

„Das macht doch nichts", fand Ulla. „Wir können die Tonaufnahme ja im Hintergrund laufen lassen. Ich bin schon auf die Filme gespannt."

„Starten Sie die Aufnahmen, Frau Schneider", bat Leyendecker.

Mona Seelbach war keinen begnadete Filmemacherin gewesen. Die Aufnahmen waren etwas wackelig, aber doch recht gut zu erkennen. Zunächst sah man junge Leute, vorwiegend mit langen Haaren, die nach und nach eine Art Lagerhalle füllten. Dann schwenkte die Kamera auf drei Musiker. Einen Schlagzeuger, einen Bassisten und einen Gitarristen. Die beiden Letztgenannten waren dabei, ihre Instrumente zu stimmen.

„Das ist unverkennbar Dissy Watkins", stellte Leyendecker fest. „Insoweit stimmt es schon einmal, was in den Tagebüchern steht."

Die Halle füllte sich relativ zügig, und die Konzertbesucher scharrten sich um die kleine Bühne. Schließlich setzte der Schlagzeuger sich hinter sein Schlagzeug und der Gitarrist ging zum Mikrofon.

Leyendecker gab Frau Schneider ein Zeichen, die Tonaufnahme abzufahren, und zugleich erklangen die ersten Gitarrenriffs, untermalt mit aggressiven Bluesrhythmen. Die Kamera blieb jetzt auf den Musikern. Das bevorzugte Motiv war der Frontmann.

Nach Ende des ersten Songs schwenkte sie wieder über die Zuschauer, die frenetisch Beifall spendeten.

Dies setzte sich eine Weile fort. Bis Leyendecker aufhorchte. „Hört ihr das", sagte Leyendecker. „Das sind die ersten Takte zu *Dark Birds*. Den Song gab es also damals schon."

„Zweifellos hatte dieser Richard recht, als er sagte, dass diese Aufnahmen viel Geld wert seien", erklärte Höbel.

Hoffentlich hat Lisa Stahl noch etwas davon, fügte Ulla in Gedanken hinzu.

Als die Kamera wieder zu den Besuchern des Konzerts schwenkte, sah man, wie diese minutenlang Beifall spendeten.

Doch plötzlich veränderte sich das Verhalten der Zuschauer. In deren Mitte schien ein Gerangel entstanden zu sein, in das immer mehr eingriffen. Es dauerte vielleicht drei Minuten, da war dort ein heilloses Durcheinander. Alle schlugen aufeinander ein. Wer zu wem gehörte, war nicht mehr zu erkennen.

„Soll ich zurückspulen?", fragte Frau Schneider.

„Lassen sie erst einmal weiterlaufen", bat Leyendecker.

Die Schlägerei ging unablässig weiter. Die Kamera schwankte mehrfach. Offenbar war ihre Trägerin angerempelt worden. Die Musik hatte ausgesetzt. *Dark Birds* war wohl das letzte Stück gewesen, das an diesem Tag gespielt wurde.

Auf einmal änderte sich die Szenerie. Die Raufereien ließen nach. Rauchschwaden zogen durch die Halle, und die Konzertbesucher strömten dem einzigen Ausgang zu. Hier brach der Film ab.

„Viele Dissy Watkins Fans werden tief in die Tasche greifen, um Film und Band zu erwerben", sagte Höbel.

„Das ist zweifellos wahr", stimmte Ulla zu. „Aber hilft uns das bei der Suche nach Lisa Stahl weiter? Würde man wegen dieses Films oder des Bands einen Mord und eine Entführung begehen. Soviel Fan kann man doch gar nicht sein."

„Es wurde für schon weitaus weniger gemordet", erklärte Leyendecker. „Aber da muss noch mehr sein. Vielleicht haben wir ja etwas übersehen. Sehen wir uns den Film noch mal an. Vielleicht ab der Prügelei. Fahren Sie doch bitte bis dorthin zurück, Frau Schneider."

„Halten Sie bitte einmal an", sagte Ulla. „Seht ihr? Da beginnt die Schlägerei. Der kleine Langhaarige sagt etwas zu dem Großen, woraufhin der sich auf ihn stürzen will. Da sind sofort einige andere zur Stelle und schon ist die schönste Prügelei entstanden."

„Der Kleine hat das also alles angezettelt. Versuchen wir ihn mal im Auge zu behalten", schlug Höbel vor.

„Das wird wohl kaum möglich sein", erklärte Ulla. „Die Kamera wird ihm wohl nicht gezielt folgen."

177

„Aber ein Auge auf ihn haben können wir schon. Lassen Sie mal weiterlaufen", wünschte Leyendecker.

„Da ist er schon weg. War ja nicht anders zu erwarten."

„Aber da ist er ja wieder." Höbel deutete nach vorn. „Was hat der denn da in der Hand? Halten Sie mal an."

„Das sieht fast aus wie ein Messer. Kann man das vergrößern?"

„Klar, es wird dann nur grobkörniger", erwiderte die Anwärterin.

„Versuchen Sie es."

„Das ist ein Messer", stellte Ulla fest. „Eindeutig ein Messer."

„Fahren Sie mal weiter", bat Leyendecker. „Aber ganz langsam."

In Zeitlupe sahen sie, wie der Kleine einem anderen Mann, mit dem er sich in keiner Rauferei befand, das Messer in den Rücken stieß und in der Menge verschwand.

„Das war es also", sagte Leyendecker. „Wir sind soeben Zeugen eines Mordes geworden. Sie können den Film anhalten, Frau Schneider."

„Da haben wir unser Motiv", fand Ulla. „Der Täter will den Film."

„Aber warum erst heute?", fragte Höbel.

„Es kann nur eines bedeuten", erklärte Leyendecker. „Der Täter wusste von der Existenz des Films. Aber der war verschwunden. Mona Seelbach, die den Film gedreht hat, war tot. Nun erfährt der Täter aus der Zeitung, dass der Film wieder aufgetaucht ist. Auch in England verjährt Mord nicht. Er muss den Film unbedingt in seine Hände bringen, und da war ihm jedes Mittel recht. Er weiß ganz genau, wenn der Film erst einmal veröffentlicht ist, wird man den Mord erkennen, und es wird auch genug Leute geben, die ihn erkennen werden."

„Und jetzt?", fragte Ulla.

„Wir müssen den Kerl so schnell wie möglich identifizieren", antwortete Leyendecker.

„Warten Sie einen Moment", bat Höbel. „Sie werden mich für bekloppt halten, aber irgendwie meine ich, den Mann zu kennen. Ich bin mir ziemlich sicher."

„Der Film ist mehr als fünfzig Jahre alt. Da waren Sie noch nicht einmal geboren", gab Ulla zu bedenken.

„Ich sagte ja, es ist bekloppt. Aber ich kenne diesen Mann. Fahren Sie bitte den Film noch einmal zurück, Frau Schneider. Jetzt bitte anhalten und vergrößern. Ja, das ist es. Jetzt weiß ich, an wen der mich erinnert."

„An wen?", fragte Leyendecker. „Machen Sie es doch nicht so spannend."

„Der erinnert mich an diesen Paul Richard."

„Diesen Spezialisten für Dissy Watkins?", fragte Ulla. „Wir haben ihn ja noch nicht kennengelernt."

„Natürlich sieht er heute ganz anders aus. Von den langen Haaren ist aber auch gar nichts übrig geblieben, und einige Pfunde hat er auch zugelegt. Aber mir ist bei unserer ersten Begegnung schon aufgefallen, dass er sehr klein ist, und das trifft ja auch auf unseren Mörder zu. Warten Sie, der ist doch so bekannt. Da gibt es doch sicher ein Foto im Internet." Höbel startete die Suchmaschine seines Laptops. „Da haben wir ihn ja schon. Sehen Sie selbst."

„Der sieht ihm tatsächlich etwas ähnlich", sagte Leyendecker.

„Sie haben ihn ja nicht persönlich kennengelernt. Isolieren Sie bitte das Bild, Frau Schneider, und senden Sie es auf meinen Laptop."

Höbel griff zum Handy und wählte eine Nummer. Der Teilnehmer meldete sich sofort. „Ich bin's, Lars", sagte Höbel. „Bei mir sind noch drei Kollegen, Frau Schneider, Frau Stein und Herr Leyendecker. Ich stelle uns mal laut. Ich sende dir zwei Bilder, von denen ich glaube, dass es sich um ein und dieselbe Person handelt. Kannst du die mal durch euer Programm laufen lassen?"

„Alles klar. Wann brauchst du das Ergebnis?"

„Am liebsten gestern. Aber ganz ehrlich, die Sache ist wirklich sehr eilig. Es geht um Leben und Tod."

„Ist ja gut. Du brauchst es nicht so dramatisch zu machen. Ich lasse alles stehn und liegen und mache mich sofort daran. Ich rufe dich gleich zurück."

„Danke Marcel, du hast was gut bei mir."

Es dauerte vielleicht zehn Minuten, da meldete sich Höbels Handy. „Und? Was ist dabei herausgekommen? Hundert Prozent Übereinstimmung? Wusste ich es doch. Danke, du hast uns sehr geholfen. Wir sehen uns."

Höbel wandte sich triumphierend an Ulla und Leyendecker. „Er ist es! Wir haben ihn!"

„Bitte nichts übereilen", erklärte Leyendecker. „Es geht in erster Linie darum, Frau Stahl zu finden."

„Wir nehmen ihn hoch und nehmen ihn so lange in die Mangel, bis er damit herausrückt."

„So ohne Weiteres wird er das nicht tun. Außerdem wissen wir ja nicht einmal, wo er sich aufhält", gab Ulla zu bedenken. „Und vergessen wir nicht, der Mann hat Komplizen."

„Wir müssen ihn beschatten und hoffen, dass er uns irgendwann zu ihr führt", sagte Leyendecker. „Aber dafür fehlt uns das Personal."

„Und dafür müssten wir ihn erst einmal haben", ergänzte Ulla.

„So ein großes Problem dürfte das dann doch nicht sein. Er wird sich wohl kaum verstecken. Dazu hat er keinen Grund. Er weiß ja nicht, dass wir ihn enttarnt haben."

„Er muss ja irgendwo wohnen", fand Höbel. „Ein Mann wie er wird ja kaum in irgendeiner kleinen Pension abgestiegen sein. So einer ist Luxus gewohnt. Es gibt hier nicht so viele Hotels, die seinen Ansprüchen genügen. Da wird er doch zu finden sein."

„Wenn das Hotel am Burggarten fertiggestellt wäre, wäre das vermutlich seine erste Wahl gewesen", bemerkte Ulla. „Aber so fallen mir im Augenblick nur die Glockenspitze in Altenkirchen, das Wildparkhotel in Bad Marienberg und das Hotel Lindner am Wiesensee ein. Lasst uns doch gleich dort anrufen."

„Die werden vermutlich am Telefon keine Auskünfte über ihre Gäste geben", gab Leyendecker zu bedenken. „Außerdem möchte ich jegliches Aufhebens vermeiden. Ich schlage vor, dass jeder von uns in eins der Hotels fährt und sich dort diskret erkundigt."

Die beiden anderen nickten zustimmend.

„Also gut, dann schlage ich vor, Sie, Herr Höbel, fahren nach Altenkirchen, Ulla, du fährst zum Wildpark, und ich nehme dann das Hotel am Wiesensee. Also los."

## Kapitel 11

Auf dem Parkplatz des Wildparkhotels stand ein silberner Aston Martin mit englischen Kennzeichen. Höbel hatte Ulla berichtet, dass der Gesuchte einen solchen Wagen fuhr. Ulla parkte ihren Mini etwas entfernt und ging zum Hotel.

„Kann ich Ihnen helfen?", fragte der Mann an der Rezeption. Außer Ulla waren keine weiteren Hotelgäste da.

Ulla zeigte ihren Dienstausweis. „Keine Angst. Es ist nur eine Routineüberprüfung. Ein Herr Paul Richard aus Großbritannien ist der Gast Ihres Hotels?"

„Da muss ich erst gar nicht nachsehen. Einen Gast, der so einen auffälligen Wagen fährt, vergisst man nicht. Er ist auf seinem Zimmer. Soll ich Sie anmelden?"

„Nicht nötig", erwiderte Ulla. „Wenn es Ihnen recht ist, warte ich hier unten auf ihn. Und bitte erwähnen Sie nicht, dass ich nach ihm gefragt habe."

„Sehr wohl, gnädige Frau. Kann ich sonst noch irgendetwas für Sie tun?"

„Vielleicht können Sie mir einen Kaffee bringen lassen?"

„Sehr gern."

„Ulla setzte sich in einen der Sessel und griff zum Handy. „Wir sind fündig geworden, Christoph. Er ist hier im Wildpark. Ich sitze hier in der Lobby und warte. Wenn er auftaucht, melde ich mich wieder."

„In Ordnung. Ich benachrichtige Höbel. Und pass auf dich auf, Ulla."


Als Leyendecker zur Dienststelle zurückkam, fuhren gerade Berger und Starck mit dem Streifenwagen auf den Hof. Er winkte die beiden zu sich. „Bist du mit deinem privaten PKW hier, Karlchen?"

„Meine Frau hat mich hergefahren, sie wollte noch nach Koblenz einkaufen."

„Aber ich bin mit dem Auto da, der blaue Kombi dort", meldete sich Starck.

„Gut, es kann sein, dass wir jemand verfolgen müssen, und mein Z3 ist mir dafür etwas zu auffällig."

„Ich stelle mein Auto gern zur Verfügung, Chef."

„Alles klar. Zieht bitte Zivilkleidung an. Danach könnt ihr Innendienst schieben. Ich wette, da warten noch ein paar Berichte auf die Fertigstellung. Ich melde mich, wenn ich euch brauche. Es kann sein, dass es dann schnell gehen muss. Sorgt also dafür, dass ihr erreichbar seid."


Ulla hatte bereits den dritten Kaffee getrunken. Den Kaffee hatte sie jeweils direkt bezahlt. Es war ja sehr wahrscheinlich, dass sie keine Zeit mehr hatte, sobald Richard auftauchte.

Da öffnete sich die Tür des Aufzugs und ein kleiner glatzköpfiger Mann in einer Tweedjacke kam heraus. Das war unzweifelhaft Richard. Es ging also los.

Ulla drückte Leyendeckers Kurzwahl. „Er ist aufgetaucht. Ich lasse das Handy eingeschaltet und folge ihm."

Richard ging zielgerichtet zum Ausgang. Wie erwartet stieg er auf dem Parkplatz in den silberfarbenen Aston Martin.

Ulla eilte zu ihrem Mini, den sie gerade erreichte, als der Beobachtete losfuhr. Sie steckte das Handy in die Freisprechanlage und folgte dem englischen Sportwagen.

„Er fährt Richtung Unnau."

„Es ist soweit", sagte Leyendecker zu Berger und Starck. „Wir müssen uns beeilen. Ich habe Ulla am Telefon. Wir setzen uns ins Auto."

„Wir sind durch Unnau und Korb gefahren. Hinter Korb ist er links auf die Bundesstraße abgebogen", hörten sie Ullas Stimme. „Hoffentlich bemerkt der mich nicht. Mein Mini ist ja nicht gerade unauffällig."

„Sobald es möglich ist, lösen wir dich ab. Berger und ich fahren in Starcks Privatwagen mit. Es ist ein dunkler Kombi."

„Wir fahren an der Schneidmühle vorbei. Es geht in Richtung Altenkirchen."

„Fahren wir Richtung Bahnhof Hattert los", sagte Leyendecker."

„Ulla wo seid ihr?", fragte Leyendecker in sein Handy.

„Er fährt soeben in den Kreisverkehr."

„Wenn wir Glück haben, erwischen wir euch noch vor Müschenbach."

„Da oben kurz vor Müschenbach sind sie ja", sagte Starck, als sie in den Kreisverkehr einfuhren.

Ullas Mini fuhr unmittelbar hinter dem Sportwagen. Dahinter waren noch drei weitere PKW.

"Ulla, wir sehen euch", sagte Leyendecker. „Wir übernehmen. Fahr bei der Tankstelle kurz ab und ordne dich hinter uns wieder ein."

„Er setzt Blinker", stellte Starck fest. „Er will am Marzhäuser Bahnübergang links."

„Hinterher", sagte Leyendecker. „Es geht in Richtung Mudenbach, Ulla."

Im Ort fragte Starck: „Ist er jetzt nach links oder rechts gefahren?"

„Wir versuchen es links", antwortete Leyendecker. „Da vorne ist er ja wieder. Er hat Blinker gesetzt. Wir blinken nicht und lassen ihm etwas Zeit. Dann biegen wir auch ab."

„Wo ist er jetzt hin?", fragte Starck, als er abgebogen war.

„Wir sind hier im Farrenauer Weg", antwortete Karlchen. „Rechts in die Gartenstraße wird er wohl kaum gefahren sein. Da landet er ja dann gleich wieder auf der Ortsdurchfahrt und würde wieder zurückfahren. Geradeaus geht es weiter durch den Wald zur Farrenau, dort ist ein landwirtschaftliches Gehöft."

„Kein schlechter Platz für ein Versteck", bemerkte Leyendecker.

„Ich glaube kaum, dass der Bauer und seine Familie mitspielen. Da müssten sie schon die ganze Familie gefangen halten. Solch einen Aufwand werden sie kaum betreiben.

Links runter geht es doch in dieses Wochenendhausgebiet. Um diese Jahreszeit dürfte da nicht viel los sein. Da würden sie kaum auffallen. Das wäre doch auch ein guter Platz. Du must entscheiden, Christoph. Du bist der Chef."

„Links abbiegen."

Da sahen sie auch schon den silbernen Aston Martin, der dort geparkt war. Von dem Fahrer war weit und breit nichts zu sehen.

„Da steht sein Wagen", sagte Berger. „Und da vorne bei dem Schild geht es in das Wochenendhausgebiet."

„Das ist eine unbefestigte Straße. Vermutlich hat er Angst um seine Ölwanne und ist zu Fuß weiter gegangen."

„Wir nehmen an, dass er im Wochenendhausgebiet ist, Ulla. Ich schlage vor, du wartest oben in der Gartenstraße oder im Farrenauer Weg."

„Was machen wir?", erkundigte sich Starck.

„Am besten fahren wir langsam weiter", schlug Berger vor. „Vielleicht sehen wir ihn ja. Du kannst auf der anderen Seite wieder rausfahren."

Im Schritttempo fuhren sie durch die Straßen. Die Beschaffenheit des Untergrunds ließ ohnehin kein allzu großes Tempo zu. Leyendecker, der das Gebiet bisher nur von der Straße aus gesehen hatte, wunderte sich, dass es doch recht groß war und dass die Häuser, die hier standen, teilweise für ein Wochenendhaus doch recht stattlich waren.

Das Gebiet wirkte recht verlassen. Lediglich vor zwei Häusern parkte ein PKW. Aber es war kein dunkler Geländewagen darunter. Leyendecker nahm an, dass sich einige der Bewohner hier ganzjährig aufhielten. Aber von Richard keine Spur.

Als sie das Gebiet durchfahren hatten, sahen sie auch schon Ullas geparkten Wagen. Sie hielten daneben an und stiegen aus.

„Wir müssen herausfinden, was der Brite hier will", sagte Leyendecker. „Dabei geht es vordringlich nicht um Richard, sondern um die verschwundene Lisa Stahl. Wir gehen zu Fuß ins Wochenendhausgebiet zurück und versuchen mitzubekommen, wenn er eines der Häuser verlässt. Lasst ihn unbehelligt und merkt euch, woher er gekommen ist. Ulla, du bleibst hier und verfolgst ihn, wenn er rauskommt. Wir untersuchen dann in aller Ruhe das Haus. Unsere Telefonverbindung unterbrechen wir jetzt wohl besser. Sonst sind die Akkus leer, wenn wir die Geräte brauchen. Ihr beiden beobachtet das erste und das letzte Drittel des Gebiets. Ich halte mich in der Mitte auf. Versucht gar nicht erst, euch zu verstecken. Das fällt ohnehin auf. Verhaltet euch so unauffällig wie möglich. Da fällt mir ein, wo ist eigentlich Höbel?"

Leyendecker erntete nur Schulterzucken.

Er schüttelte den Kopf. „Den habe ich in der Hektik, als wir ins Auto sind, um Ulla abzulösen, ganz vergessen. Ruf ihn bitte an, Ulla, dass er auch noch hierherkommt, und bitte ihn für mich um Entschuldigung. Vielleicht kann er ja hier warten und gegebenenfalls die Verfolgung Richards aufnehmen. Sein Wagen ist ja unauffälliger als deiner. Du kannst uns dann zu Hilfe kommen. Auf geht´s."

Leyendecker war schon mehrere Male die Straße entlang geschlendert und hatte immer wieder Berger oder Starck getroffen. Aber es war immer das gleiche Ergebnis. Von Richard keine Spur. Anscheinend war Leyendecker doch nicht so unauffällig, wie er glaubte, denn es öffnete sich die Tür eines der Häuser und eine etwa sechzigjährige Frau kam heraus.

Sie kam auf ihn zu und sprach ihn an: „Sie scheinen etwas zu suchen. Kann ich Ihnen vielleicht helfen?"

Zunächst wollte Leyendecker abwiegeln und erklären, dass er sich lediglich etwas umsehen wollte. Aber dann überlegte er es sich anders. „Vielleicht können Sie mir tatsächlich helfen. Ich suche einen älteren Herrn, siebzig bis achtzig

Jahre alt, Vollglatze. Haben Sie den schon mal hier gesehen?"

„Da war tatsächlich in letzter Zeit so jemand, der war einige Male da. Ist was mit dem?"

Leyendecker ging nicht auf die Frage ein. „Hat er hier jemand besucht? Ist er hier in ein Haus gegangen?"

„Ich habe ihn lediglich auf der Straße gesehen. Was ist denn nun mit ihm?"

„Nichts Besonderes, wir haben nur ein paar Fragen an ihn. Aber Sie sollten trotzdem lieber im Haus bleiben. Ich bin von der Polizei."

Die Frau machte große Augen und beeilte sich, ins Haus zurückzukehren.

Nach einiger Zeit gesellte sich dann auch Ulla zu ihnen. Höbel war also eingetroffen. Aber was wäre, wenn der Engländer in nächster Zeit nicht auftauchte? Es konnte ja sein, dass er über Nacht hier blieb. Es machte auch wenig Sinn, Verstärkung herbeizurufen, das Wochenendhausgebiet abzusperren und systematisch abzusuchen. Sie konnten nicht so ohne Weiteres alle Häuser aufbrechen. Ganz abgesehen davon, dass sie ja nicht wussten, ob sich die vermisste Lisa Stahl überhaupt hier befand.

Leyendecker machte sich schon Gedanken, die ganze Aktion abzubrechen, da sah er ihn. Er kam eine der Treppen oberhalb der Straße herunter. Offenbar war er aus dem mit Kunstschiefer beschlagenen Haus gekommen. Er kam auf Leyendecker zu. Leyendecker grüßte ihn mit einem leichten Kopfnicken. Richard erwiderte den Gruß und ging an ihm vorbei. Anscheinend hatte er in keiner Weise Verdacht geschöpft.

Als er um eine Biegung verschwunden war, wählte Leyendecker Höbels Nummer. „Halten Sie sich bereit, Herr Höbel. Richard ist unterwegs."

Leyendecker ging weiter, bis er auf Ulla traf. Sie riefen telefonisch Berger und Starck herbei.

„Er kam aus dem mit Kunstschiefer beschlagenen Haus, berichtete er. Wir müssen das Haus untersuchen."

„Einer von uns sollte hochgehen und einfach an die Tür klopfen. Vielleicht macht ja einer auf", schlug Ulla vor.

„Und was ist dann?"

„Dann bittet er um ein Glas Wasser und versucht, einen Blick hineinzuwerfen."

„Sehr viele Unwägbarkeiten", gab Leyendecker zu bedenken, „und es ist möglicherweise auch gefährlich."

„Was willst du sonst machen?", fragte Ulla. „Willst du gleich das Häuschen stürmen? Lass es mich versuchen."

„Das geht nicht. Du bist zu bekannt."

„Du als Polizeichef bist auch zu bekannt, Christoph", erklärte Karlchen. „Aber uns kennt ja keiner, wenn wir keine Uniform anhaben. Lass es mich versuchen."

„Also gut", lenkte Leyendecker ein. „Aber sei vorsichtig."

Berger stieg die Treppe hoch. Dann klopfte er gegen die Eingangstür. Von innen erfolgte keine Reaktion. Berger klopfte stärker und rief: „Hallo, ist da jemand?"

Nichts rührte sich. Berger ging um das Gebäude und versuchte hineinzusehen. Die Läden waren geschlossen. Er konnte nichts erkennen. Er zuckte mit den Schultern und kam zurück. „Es scheint keiner da zu sein. Zumindest konnte ich nichts erkennen."

„Es hilft nichts. Wir müssen da rein. Keine Zeit, einen Durchsuchungsbeschluss zu besorgen."

„Ich habe am Wochenende einem Bekannten geholfen, einen alten Schuppen einzureißen", berichtete Starck. „Davon liegt noch ein Kuhfuß im Kofferraum. Soll ich ihn holen?"

Leyendecker nickte lediglich. So ganz wohl war ihm bei der Aktion nicht.

Lisa hatte gehört, wie jemand an die Tür klopfte. Aber sie war außerstande, sich in irgendeiner Form bemerkbar zu machen. Dann hörte sie, wie der Mann sich wieder entfernte.

Starck kam mit dem Werkzeug zurück.

„Einen Überraschungsangriff können wir wohl vergessen", sagte Leyendecker. „Wenn jemand da drin ist, hat der uns natürlich längst bemerkt. Gehen wir es an." Er bedauerte, dass auch die beiden Streifenbeamten in Zivil und mit dem Privatfahrzeug unterwegs waren. Im Polizeifahrzeug wären Schutzwesten gewesen.

Sie gingen die Treppe hoch.

Leyendecker schlug fest gegen die Tür. „Hier ist die Polizei!" Kommen Sie mit erhobenen Händen raus!"

Nichts rührte sich.

Leyendecker umkreiste das kleine Häuschen, wie Karlchen das bereits getan hatte. Er klopfte ebenfalls an alle Fenster und versuchte, einen Blick nach innen zu erhaschen. Aber drinnen rührte sich nichts.

„Offenbar ist niemand da. Aber trotzdem Vorsicht. Du, Karlchen, öffnest mit dem Stemmeisen die Tür. Aber halte dich neben der Türöffnung. Ich gehe rein und sondiere die Lage. Die beiden anderen sichern mich."

Er zog seine Pistole und entsicherte sie. Ulla und Starck folgten seinem Beispiel. Leyendecker nickte Berger aufmunternd zu.

Karlchen ergriff den Kuhfuß mit beiden Händen und setzte ihn in Höhe des Schlosses an. Nach einem kräftigen Ruck sprang die Tür mit einem lauten Knirschen auf.

Sie hatten freien Blick in einen Flur, von dem drei Türen abgingen. Zwei davon waren geöffnet. Aber man konnte die dahinter liegenden Zimmer nicht vollständig erblicken.

„Scheint niemand da zu sein", meinte Leyendecker. „Aber wir sollten trotzdem vorsichtig sein.

Mit vorgehaltener Pistole betrat er den Flur. Da fielen kurz nacheinander zwei Schüsse. Leyendecker fiel nach vorne, und die Haustür wurde zugeschlagen.

Berger wollte sich gerade gegen die Tür werfen, da fielen weitere Schüsse, und die Geschosse drangen durch die Tür."

„In Deckung!", rief Ulla. „Sofort weg von der Tür!"

Karlchen sprang zu Seite.

Dann hörten sie Geräusche. Wie es schien, wurde etwas vor die Tür geschoben.

Ulla griff zum Handy. „Ulla Stein von der Polizeiinspektion Hachenburg! Wir brauchen sofort einen Krankenwagen und einen Notarzt in das Wochenendhausgebiet in Mudenbach! Bei Kaisers Haus, so heißt die Straße! Ein Polizeibeamter wurde angeschossen! Ich fürchte, er ist schwer verletzt!"


Lisa Stahl lag immer noch gefesselt und geknebelt auf dem Fußboden. Sie hatte mitbekommen, dass die Polizei vor dem Gebäude war und ein Beamter an Tür und Fenster geklopft hatte.

Sie hatte gehört, wie die beiden sich abgesprochen hatten, dass einer von ihnen neben der Tür lauern soll. Sie hatten zwar Englisch mit einem starken Dialekt gesprochen, aber sie hatte sie trotzdem verstanden. Vergeblich hatte sie versucht, die Polizei zu warnen. Aber sie hatte keinen einzigen Ton herausbekommen.

Dann waren die Schüsse erklungen, und jemand war schwer im Flur aufgeschlagen.

Ratlos starrten Ulla, Starck und Berger auf die geschlossene Tür.

„Was werden die wohl vorhaben?", fragte Berger.

„Ich weiß es nicht", erwiderte Ulla. „Ich weiß nur, dass wir Christoph da raus holen müssen. Es war zu erkennen, dass er schwer getroffen wurde."

„Sollen wir die Bude stürmen?"

„Das ist zu riskant. Ein Verletzter reicht."

„Wir bräuchten das Mobile Einsatzkommando", sagte Starck."

„Das ist richtig. Aber das dauert. Ich glaube nicht, dass Christoph solange durchhält. Trotzdem werde ich es alarmieren. Vielleicht können sie ja einen Hubschrauber schicken."

Als Ulla telefoniert hatte, sagte sie: „Sie kommen so schnell wie möglich, aber eine Stunde wird es mindestens dauern. Höbel soll den Kerl herschaffen, der das alles veranlasst hat." Sie nahm erneut das Handy. „Herr Höbel. Man hat Christoph niedergeschossen. Nehmen Sie Richard sofort fest, und bringen Sie ihn her zu uns."

Ulla ging einige Schritte auf das Wochenendhaus zu. „Geben Sie auf! Sie haben keine Chance!", rief sie. Aber die Geiselnehmer antworteten nicht.

„Geben Sie wenigstens den Verletzten heraus. Wenn er stirbt, haben Sie nicht die geringste Chance vor Gericht."

In der Ferne waren die Sirenen von zwei Fahrzeugen zu hören.

„Das müssen Notarzt und Rettungswagen sein", stellte Berger fest. „Die sind ja diesmal wirklich schnell."

„Was nützt das, wenn sie nicht an den Verletzten herankommen?"

Höbel hatte Bad Marienberg fast erreicht. Etwa fünfzig Meter vor ihm fuhr der Aston Martin. Bald würde er abbiegen, und Höbel konnte ihn dann auf dem Parkplatz des Wildparkhotels mühelos verhaften. Aber Ulla hatte eilig geklungen. Sollte er denn Verfolgten abfangen. Mit seiner alten Karre diese Luxuskarosse zu rammen, hatte auch einen gewissen Reiz. Er schaltete einen Gang zurück und gab Vollgas. Es kam ihm ewig vor, bis sich sein Wagen an dem Aston Martin vorbeigekämpft hatte. Glücklicherweise hatten sie keinen Gegenverkehr. Höbel scherte direkt vor dem britischen Sportwagen ein, um sofort voll auf die Bremse zu treten. Er sah im Rückspiegel den anderen Wagen auf sich zukommen. Aber natürlich hatte der hervorragende Bremsen, sodass er einige Meter hinter ihm zum Stehen kam.

Der kleine Mann sprang wutentbrannt aus dem Auto und rannte auf ihn zu. Richard hielt jedoch abrupt inne, als er Höbel erkannte, als dieser ausstieg. „Sie, Herr Höbel? Wollten Sie uns beide umbringen? Was gibt es denn so Eiliges?"

„Herr Richard. Ich verhafte Sie wegen Anstiftung zum Mord an Christina Schreiner, der Entführung von Lisa Stahl und all der anderen Schandtaten, die Sie verübt haben." Höbel holte ein Paar Handschellen aus der Tasche, die er Richard anlegte. „Kommen Sie mit! Wir nehmen Ihren Wagen. Ich fahre."

Die beiden Rettungswagen hielten, und die Insassen sprangen heraus. Der Notarzt kam auf Ulla zugerannt. „Sie haben uns angerufen? Wo ist der Verletzte."

Ulla deutete auf das Häuschen. „Er ist da drin."

„Worauf warten wir? Lassen Sie uns zu ihm gehen."

„Er wird da drin gefangen gehalten."

„Das ist schlecht. Ist er schwer verletzt?"

„Ich fürchte schon. Er wurde von zwei Schüssen aus nächster Nähe getroffen."

„Dann haben wir keine Zeit mehr zu verlieren."

„Verstärkung ist angefordert. Aber warten Sie. Ich probiere etwas anderes."

Ulla nahm ihr Handy zur Hand und wählte Leyendeckers Nummer. Sie hörte, wie es drinnen läutete. Dann meldete sich ein Mann in englischer Sprache: „Hallo Ulla. Wetten, Sie sind die schöne Polizistin von da draußen. Was wollen Sie?"

„Ich möchte mit Christoph sprechen. Das ist der Mann, den Sie niedergeschossen haben."

„Ihr Christoph ist im Augenblick verhindert. War das alles?"

„Warten Sie, Christoph braucht dringend einen Arzt. Nehmen Sie mich stattdessen als Geisel."

„Mach das nicht, Ulla", warnte Karlchen. „Du kannst den Kerlen nicht vertrauen."

„Das weiß ich. Hast du eine bessere Idee?"

Berger schwieg.

„Was ist nun?", fragte sie ins Telefon.

„Ich rufe Sie gleich zurück."

„Das ist eine Falle", hörte Lisa den einen Entführer sagen. „Das sollten wir nicht tun."

„Im Gegenteil", widersprach der andere. „Das ist eine sehr gute Idee. Wenn wir je hier wegkommen wollen, brauchen wir eine Geisel. Die da hinten war tagelang verschnürt. Die wird sich keinen Zentimeter bewegen können. Und von dem Kerl im Flur wollen wir gar nicht erst reden. Wir holen uns die Geisel. Dann fordern wir ein Lösegeld und einen Fluchtwagen und hauen hier ab. Der alte Zausel soll doch machen, was er will. Die ganze Sache ist ohnehin schiefgegangen."

Ullas Handy klingelte. „Einverstanden", sagte die Stimme.

„Gut, dann schicken Sie Christoph raus."

Die Stimme lachte schallend. „Sie müssen uns ja für schön blöd halten. Natürlich kommen Sie zuerst herein. Allein und unbewaffnet. Ziehen Sie sich aus. Die Unterwäsche können Sie anbehalten.

Ulla folgte der Aufforderung.

„Gut so. Sie haben sich gut gehalten. Heben Sie die Arme, und drehen Sie sich um! Alles klar. Kommen Sie herein!"

Man konnte hören, wie ein Hindernis von der Tür entfernt wurde.

„Wir sollten jetzt stürmen", knurrte Berger.

„Zu gefährlich", erwiderte Ulla.

Die Tür öffnete sich einen Spalt und Ulla ging los.

„Kommen Sie nur herein!", sagte drinnen eine Stimme.

Ulla trat ein und spürte gleich, dass ihr jemand eine Waffe an den Kopf hielt.

„Machen Sie die Tür wieder zu!", befahl die Stimme.

Zuerst sah Ulla Leyendecker, der da reglos in einer Blutlache lag. Sie wollte zu ihm eilen.

„Bleiben Sie stehen!", befahl der Mann. „Der da hat ohnehin alles hinter sich."

Ulla blickte den Entführer an. Er war recht groß und wirkte durchtrainiert. Er trug eine schwarze Haube, sodass sein Gesicht nicht zu erkennen war. In seinem Hosenbund steckte Leyendeckers Dienstwaffe.

Der zweite Gangster sah genauso aus wie der erste. Er war gerade dabei, einen Stuhl unter die Türklinke zu schieben.

„Wir hatten eine Vereinbarung", zischte Ulla. „Lassen Sie Notarzt und Sanitäter zu ihm!"

„Der braucht keinen Notarzt mehr", antworte er verächtlich. „Aber die können zu ihm und ihr, wenn wir hier fort sind." Er deutete dabei mit dem Kinn in Lisa Stahls Richtung, die zusammengeschnürt im Nachbarzimmer lag. „Ich sage Ihnen, wie wir es machen. Wir fordern eine Million und ein geländegängiges, unverwanztes Fahrzeug. Man soll nicht an Pferdestärken sparen. Wenn unsere Forderungen erfüllt sind, verschwinden wir und lassen die beiden zurück. Sie begleiten uns zu unserer Sicherheit."

„Sie sind ja verrückt! Woher soll ich so schnell einen Geländewagen und eine Million bekommen?"

„Lassen Sie sich etwas einfallen. Telefonieren Sie." Er reichte ihr Leyendeckers Handy. „Je schneller unsere Forderungen erfüllt sind, desto eher kann der Notarzt zu ihm. Vielleicht ist ja doch noch etwas Leben in ihm. Die Hoffnung stirbt zuletzt, sagt man doch."

Plötzlich machte der bis dahin leblos am Boden liegende Leyendecker eine Bewegung und ergriff den Fuß des Gangsters, der sofort auf Leyendecker schoss.

Blitzschnell ergriff Ulla Leyendeckers Waffe im Hosenbund des Mannes und feuerte in kurzer Folge drei Schüsse ab.

Der andere Verbrecher schoss in Ullas Richtung, traf aber seinen Kumpanen.

Unter ohrenbetäubendem Lärm ging die Haustür zu Bruch und Bergers mächtiger Körper begrub den zweiten Entführer unter sich, dessen Waffe in hohem Bogen durch die Luft flog und in einer Ecke des Flurs liegen blieb.

# Epilog

Es roch nach Desinfektions- und Betäubungsmitteln. Obwohl sich Ulla klar war, dass heutzutage in den Krankenhäusern keine Betäubungsmittel mehr verwendet wurden, die irgendwie rochen wie das gute alte Chloroform. Aber irgendwie kam einem der Geruch immer noch so vor.

Sie läutete an der Tür der Intensivstation.

„Hallo Frau Stein", begrüßte sie der Pfleger, der die Tür öffnete. „Da sind Sie ja wieder."

Aus einem der Zimmer kam der behandelnde Arzt.

„Wie geht es ihm?", fragte Ulla.

„Sein Zustand ist stabil", erhielt sie zur Antwort. „Wir hoffen, dass er es übersteht. Aber wir müssen Geduld haben. Wie Sie ja wissen, waren die Verletzungen sehr schwer. Seine Leber wurde verletzt, und wir mussten die Milz entfernen. Dann noch das durchschossene Schulterblatt. Schließlich bekam er noch eine Sepsis. Es war und ist nicht leicht."

„Wann wird er wieder aufwachen?", fragte Ulla.

„Ich wage da keine Prognose."

Ulla betrat das Zimmer. Im vorderen Teil lag ein alter Mann, den sie kurz begrüßte. Sie erhielt jedoch keine Antwort. Dahinter, durch einen Paravent abgetrennt, stand Leyendeckers Bett.

Zahlreiche piepende und blinkende Apparate umgaben ihn. Von seinem Körper gingen eine Vielzahl von Kabeln ab. Durch einen Port am Halsansatz erhielt er Medikamente und Nährstoffe. Ein Plastikschlauch führte durch seinen Mund in die Luftröhre und versorgte ihn mit Sauerstoff.

Ulla zog sich einen Stuhl heran und setzte sich neben das Bett. Sie ergriff Leyendeckers Hand. „Die haben mir gesagt, dass es gut sein soll, wenn man mit den Komapatienten spricht, auch wenn mir niemand versichern konnte, dass du mich wirklich hörst. Aber schaden kann es ja wohl nicht. Also kann ich genauso gut reden, anstatt hier stumm herumzusitzen. Wie oft habe ich dir das alles schon erzählt? Zehn Mal oder mehr? Ist ja auch egal.

Das Wichtigste zuerst. Wir konnten Lisa Stahl befreien. Sie hat ein paar Tage im Krankenhaus verbracht, weil sie total entkräftet war. Zweifellos hat das sie auch seelisch mitgenommen. Soweit ich weiß, wird sie auch psychologisch betreut. Aber es scheint ihr wieder recht gut zu gehen. Sie lässt dich grüßen und wird dich sicher besuchen, wenn die Ärzte das erlauben.

Die Entführer waren zwei Söldner aus London, die Richard engagiert hat. Sie sind gleich nach der Veröffentlichung über den Fund der Gitarre und der Filme nach Frankfurt geflogen. Den schwarzen Range Rover hatten sie am Flughafen gemietet. Den hatten sie inzwischen im Wald abgestellt. Sie fuhren jetzt einen der Pkws, die wir in dem Wochenendhausgebiet gesehen haben. Sie hatten ihn kurz vorher gestohlen. Anscheinend war das dem Besitzer noch nicht aufgefallen.

Der Range Rover wurde untersucht. Man fand darin neben der DNS der beiden Gangster auch DNS von Christina Schreiner und von Lisa Stahl.

Der eine der Entführer wurde bei der Befreiungsaktion getötet. Der andere wurde von Karlchen niedergewalzt. Er zog sich dabei eine Gehirnerschütterung und einen Schulterbruch zu. Aber beides wird er wohl bis zur Gerichtsverhandlung auskuriert haben. Zunächst hat er beharrlich geschwiegen, aber inzwischen belastet er Paul Richard schwer.

Kommen wir nun zu der Hauptperson, dem Mann, von dem das alles ausging. Er hat zunächst jede Beteiligung geleugnet. Er habe als Spezialist für Dissy Watkins lediglich helfen wollen. Das änderte sich allerdings, als in einer Kölner Boulevardzeitung und im *Mirror* aus London ähnliche Artikel erschienen. Die Nachrichten aus diesen Artikeln verbreiteten sich blitzschnell in Deutschland und Großbritannien, ja in der ganzen Welt. Irgendwie war den Kölnern eine CD mit dem Film zugespielt worden, von der sie den Ausschnitt veröffentlichten, als der Kleine den anderen Mann niederstach. Außerdem schienen sie auch über ein Programm zu verfügen, mit dem man die Menschen auf einem Foto künstlich altern lassen kann. Dieses

Ergebnis stellten sie einem aktuellem Foto Richards gegenüber. Die Kölner haben das wohl alles auch der Londoner Zeitung zur Verfügung gestellt. Ich soll dir übrigens herzliche Grüße und Genesungswünsche von Danika Adler ausrichten. Mit dieser Veröffentlichung war Richards Ruf mit einem Schlag ruiniert, und der schien ihm wohl das Wichtigste zu sein. Er hat resigniert und die ganze Geschichte erzählt.

Richard gehörte damals schon zum Umfeld von Dissy Watkins und hatte sich Hoffnungen gemacht, sein Manager zu werden. Watkins bevorzugte allerdings Charles Porter. Das ist der Getötete. Das Konzert wurde von zwei miteinander verfeindeten Jugendgangs besucht. Diesen Umstand machte sich Richard zunutze, um diese Schlägerei zu provozieren, in deren Verlauf er Porter tötete. Das Feuer legte er, um Spuren zu verwischen.

Das Verhältnis zwischen Dissy Watkins und Mona Seelbach endete kurz darauf, und Watkins machte dann diese Weltkarriere, von der dann Paul Richard ordentlich partizipierte.

Mona Seelbach war aus dem Umfeld der Clique verschwunden. Dissy Watkins hat wohl nie von seiner Tochter erfahren.

Kurz nach dem besagten Konzert muss sich Mona die Filmaufnahmen angesehen und festgestellt haben, welch brisantes Material sie da in den Händen hat. Sie ist daraufhin noch einmal nach Hause gekommen und hat die Sachen hier deponiert. Kurz darauf ist sie zurück nach London. Vermutlich hat sie ihren Eltern auch verschwiegen, dass sie Großeltern werden.

Ich nehme an, dass sie von dem Film nie Gebrauch machen wollte, aber vermutlich hat sie die Armut dazu gezwungen. Natürlich hätte sie zurück zu ihren Eltern gehen können, aber das war ihr doch zu peinlich. So hat sie versucht, sich allein in London mit dem kleinen Kind durchzuschlagen. Schließlich hat sie sich in ihrer Not dann doch an Richard gewandt und ihn erpresst. An dem Tag, als sie ermordet wurde, sollte die Geld- und Filmübergabe sein. Richard hat sie erwürgt. Dann hat er aber vergeblich nach dem Film gesucht.

Über die Sache war längst Gras gewachsen, da erschien dieser Artikel, und er musste feststellen, dass der Film wieder aufgetaucht war. Das war der Auslöser der ganzen tragischen Ereignisse."

Plötzlich hatte Ulla den Eindruck, als drücke Leyendecker ihre Hand. Seine Augenlider zitterten. Dann öffnete er die Augen und versuchte zu lächeln. Ulla drückte den Alarmknopf und schrie: „Er ist aufgewacht!"